Séraphine ne sait pas nager

Anne-Lise Brochard

Séraphine ne sait pas nager

roman

PLON
www.plon.fr

92, avenue de France
75013 Paris
Tél. : 01 44 16 09 00
Fax : 01 44 16 09 01
www.plon.fr
www.lisez.com

Mise en pages : PCA
Dépôt légal : mars 2023
ISBN : 978-2-259-31583-8

À Olivier
À Céline,
si seulement vous pouviez me raconter.

« Y a des prisons à ciel ouvert partout. »

David Hallyday/Étienne Roda-Gil

« J'ai mis cette histoire sous le tapis depuis mes 17 ans.
Cette histoire s'est glissée çà et là dans tous mes films
mais personne ne sait vraiment
qui on est tant qu'on n'a pas le courage de la raconter. »

Steven Spielberg

Voici mon histoire sous le tapis.

1

— Madame Garin ?

— Elle-même, répondit-elle, presque sûre de ne pas se tromper.

— Je suis l'officier Brunet. Votre frère n'a pas passé l'appel réglementaire. Est-il avec vous ?

— Pas du tout.

— Avez-vous une idée de ce qui se passe ?

— Aucune.

— Bon… je lance la procédure de recherche. C'est pas bon pour lui, ça. S'il vous contacte…

Il n'était que 18 heures, mais elle ouvrit son carnet, convaincue que, comparé à cette nouvelle, le reste de la journée ne vaudrait pas la peine d'être répertorié.

Dimanche 25 février 2018

+ 5 points-bonheur pour mes dix jours sans prononcer oui ou non. Même pendant le coup de fil qui m'annonce la disparition de mon frère.

– 10 points-bonheur parce que, même disparu, Paul est encombrant.

2

Les points-bonheur étaient une idée de Paul.

— Et si on donnait des notes à ce qui nous arrive ? Hein, Sé ? Ça fait combien, une part de fondant au chocolat de maman ?

Et Séraphine avait commencé à compter et à tout consigner dans un vieux calepin.

+ 12 points-bonheur parce que maman a dit oui pour un bonbon.

+ 43 points-bonheur parce que le petit oiseau est revenu à midi.

+ 15 points-bonheur parce que papa a été gentil, ce matin.

— Tu les gaspilles ! l'avait houspillée un jour Paul. Quarante-trois pour un zozio ?!

Il lui avait retiré l'usufruit des points-bonheur, comme ça. *Après tout, c'est son jeu*, s'était dit la gamine. *Mais j'aimais bien ça, moi.* Les années avaient passé et Séraphine n'y avait plus pensé. Jusqu'à sa rencontre avec Georges. Plus exactement, jusqu'au lendemain de sa rencontre avec Georges. Il était resté dormir chez elle, sans qu'elle l'y invite vraiment, et puis il y avait eu le bruit du baiser, ce « Je t'appelle vite » un peu étonnant et la porte qui claque. Alors, elle avait saisi un carnet noir, encore vierge, couverture en cuir, et avait écrit :

14 avril 2007

+ 1 point-bonheur pour la fraîcheur du Martini blanc-rondelle de citron vert.

– 6 points-bonheur pour cette journée de stage avec des têtes de pioche.

+ 3 points-bonheur pour ce « Je vous offre un verre ».

+ 12 points-bonheur pour ce qui a suivi...

En faisant tournoyer son stylo, elle s'était replongée dans cette rencontre. De l'acte sexuel Séraphine avait toujours préféré les heures qui suivaient. Elle refaisait le match, se concentrait pour revivre chaque sensation, chaque mouvement, chaque mot. Pour sentir de nouveau monter la tension. L'avant-sexe. L'entrée de Georges dans le bar, elle avait dû l'imaginer. Elle ne l'avait pas remarqué, soyons honnête. Puis il y avait eu le grincement du troisième tabouret de bar en partant de la gauche, celui juste à côté du sien. Elle était occupée à compter. Son exutoire. Depuis toujours, elle divisait tout en unités. Trois personnes devaient être servies avant elle. Le serveur qui avait dans les vingt-trois, vingt-quatre ans, soit à peine un ou deux ans de plus qu'elle, lui avait servi, ou plutôt balancé, un ramequin de cacahuètes. Elle était en train de les dénombrer quand le grincement avait failli lui faire perdre le fil de son addition.

— Je vous offre un verre ?

Vingt-huit, vingt-neuf, trente.

— Vous m'avez parlé ?

— Oui. Je voulais vous offrir un verre.

Bonne idée. *Au pire, je le bois vite et je file. Je n'inventerai aucun prétexte. Ne pas mentir. Il me suffira de me lever élégamment et de saluer l'inconnu après l'avoir remercié*, pensa-t-elle. Mais elle n'eut pas à le faire. Il se trouvait que Georges était de bonne compagnie. *Bien meilleure que celle des huissiers pour lesquels je fais un stage depuis sept semaines*, se dit-elle au bout de huit minutes. *Bien meilleure que celle de mes trois derniers amants*, conclut-elle, six minutes plus tard. Puis elle s'était laissé embarquer par la discussion sans même remarquer que Georges avait mangé plusieurs cacahuètes, l'empêchant définitivement de tenir un compte exact.

Ils avaient parlé de boulot, à l'époque Georges était responsable financier adjoint d'une école de commerce, de météo, vaguement de politique et de leur famille, du moins de celle de Georges. Georges n'avait pas interrogé Séraphine sur ses parents. Tant mieux. Mais était arrivée l'éternelle : « Et toi, tu as des frères et sœurs ? » Le lendemain, Séraphine ne se souvenait plus si elle avait éludé ou menti. Et elle estimait que ça n'avait pas grande importance. Pendant une rencontre d'un soir ou d'une nuit, chacun est libre de s'inventer dons et talents ou d'enjoliver une situation, ce n'est sans doute pas pire que de porter une gaine sous une robe moulante.

Stylo à la main, face à son carnet, en repensant à cette partie de la soirée, à la discussion sur la famille, elle avait donc simplement haussé les épaules. À part sur ce point, Séraphine ne mentait jamais. Par principe. Elle le disait, quand il manquait un café sur son ticket de caisse. Elle rougissait quand on lui confiait un secret, même futile. Une fois, au lycée, elle avait triché puis s'était dénoncée. Pour un petit mot cherché dans un dictionnaire de poche pendant un devoir d'anglais. Dépourvue de duplicité, enfant, elle racontait tout à sa mère. Et l'adolescence n'y avait rien changé.

« Bof, je n'ai rien à te cacher, répondait-elle à Brigitte quand celle-ci lui conseillait d'avoir son jardin secret.

— Et puis, tu sais que je déteste…

— Oui, je sais. »

Mais, quand Séraphine avait reçu le premier coup de couteau, symbolique, lui était revenu un adage maternel : « On surestime la vérité, ma chérie. Elle blesse souvent inutilement. » C'était deux ans avant Georges. Elle venait de débarquer à Lyon. Mathieu nettoyait les péniches. Elle lisait. Il s'était installé près d'elle sans rien dire. Il s'enivrait du silence de sa lecture, se concentrait avec elle sur des mots qu'il ne voyait pas. Elle referma son livre. Il la suivit. Et l'aborda comme s'il venait à peine de la croiser. Il portait des bretelles. C'était pour ça qu'elle avait accepté de boire un verre avec lui et plus. Tout se déroula bien jusqu'à la question fatidique. Séraphine, qui avait quitté Crissey et tiré un trait sur sa vie d'avant, sur toutes ses relations d'avant, même les belles, rêvant de se perdre dans la foule anonyme lyonnaise, avait agi comme la gamine qu'elle était encore. Elle avait dit la vérité. Brute. À un inconnu. Juste parce qu'il portait des bretelles. « Je suis orpheline et je gère seule mon frère qui est, comment dire, très instable et dans une situation bien compliquée. » Une seule phrase, et le regard de l'homme sur elle avait changé. Un subtil grincement de bouche et un léger froncement de sourcils. Séraphine avait remis sa robe et son étiquette de fille à problèmes que le changement de ville et d'époque n'avait pas décousue. Avec les suivants, elle avait expérimenté une sensation nouvelle, celle d'être neutre, sans bagage. Une page blanche. Elle en était joyeuse et honteuse à la fois. Obligée de se trahir pour offrir une image fidèle d'elle-même. Il y a toujours un prix à payer. Il paraît. « Je suis fille unique. » Et elle prononçait « unique » comme si ça avait été un mot précieux. Comme elle aurait dit : « Je suis singulière, découvre-moi, si tu l'oses. »

Ce qu'elle avait raconté à Georges concernant sa famille lui était revenu quelques semaines après leur rencontre. Quand il lui avait présenté Agnès. Exactement quand Georges avait répondu à sa mère avant elle « Non non, Séraphine est fille unique. — Dommage », avait répondu Agnès. Et puis elle avait continué de jongler tranquillement avec cette bombe, même si le soulagement procuré par ce mensonge qu'elle croyait anodin s'était un peu émoussé au fil des années. Elle se contentait de vivre et fragmentait son quotidien en unités numériques d'émotions diverses. Mais, en apprenant la disparition de son frère, elle se dit qu'il était peut-être temps qu'elle arrête de le faire, qu'elle grandisse un peu et qu'elle trouve un plan parce que le protocole était lancé, qu'elle y participe ou non.

3

Quelques mois plus tôt
Un lundi lambda

— Plaque ! hurla Luz.

— Oh, non, mais tu vois tout, c'est pas possible ! riposta sa mère.

Le principe du jeu était simple, si Séraphine ou Luz marchait sur une des plaques en fonte qui balisaient le trajet de retour de l'école maternelle, elle avait un gage. Ça allait de l'imitation du koala malade au mot absurde à placer pendant le dîner.

Le trajet école-maison leur prit à peine douze minutes. Luz foula deux plaques et Séraphine une seule. Georges rentra du travail à l'heure habituelle et ne fut pas vraiment surpris quand sa fille grogna en se tapant la tête à table ou quand sa femme l'interrogea sur la journée qu'avaient passée ses collègues, les rhododendrons.

— Tu préfères la coucher ou tu veux que je le fasse ? demanda Séraphine à son mari, à peine le repas fini.

— Peu importe.

— Peu importe… De ça, je n'en ai pas en rayon.

Elle fit semblant de pianoter sur la table avant de reprendre :

— Pas non plus en stock, désolée.

— Je la couche ? proposa Georges.

— Oui, acquiesça-t-elle. Attention, n'oublie pas…

Mais Georges avait déjà quitté la pièce.

— N'oublie pas le lavage de dents et la préparation de sa tenue pour demain… précisa-t-elle, pour elle-même.

Puis, fatiguée, elle laissa son corps répondre à des automatismes quotidiens, débarrasser la table, donner un coup d'éponge, imbiber le coton, retirer la couche orangée qui donne bonne mine, se sourire dans le miroir, se glisser contre son mari, accueillir la chaleur contagieuse, et conclure par « Bonne nuit ». Sans avoir oublié, bien sûr, de remplir son carnet :

Temps de trajet : 12 minutes.

Un seul gage : placer « rhododendron » pendant le dîner.

+ 1 point-bonheur pour le soleil de fin d'après-midi.

+ 1 point-bonheur pour l'imitation réussie du koala malade de Luz.

4

Quand Georges observa ses collègues, à leurs postes de travail respectifs, absorbés par les comptes de frais d'inscription des étudiants de l'école, il ne put s'empêcher de penser que Séraphine avait raison. Ils avaient quelque chose à voir avec des rhododendrons.

Incapable de se concentrer, il dessina, discrètement. Et puis, après tout, qui était le chef ? Il pouvait même peindre sur les murs de l'open space s'il le désirait, presque. Pas certain que le directeur général de l'école apprécierait. Et quoi représenter ? Un vaisseau géant plein de bonshommes verts, posé sur une planète toute recouverte d'eau, de palmiers et d'animaux avec plusieurs têtes portant des chemises bariolées et des…

Il fut interrompu par Jérôme, bloqué sur un calcul de remboursement de frais au prorata du temps de scolarité.

La barbe.

À 12 h 05, Solène voulut avoir son avis sur un dossier chaud cacao. Elle prononça « chaud cacao » en pouffant légèrement. *Ne pas rire pour ne pas l'encourager*, pensa Georges. Gentiment, tout de même, il refusa de l'aider. Il n'était pas du genre à compter son temps, à sacraliser la pause déjeuner, plutôt de ceux à avaler un sandwich en quatrième vitesse si la charge de travail le nécessitait. Mais là, il avait un projet.

Il débarqua chez la fleuriste à 12 h 13 avec une photo.

La photo des centres de table de son mariage. Un travail d'orfèvre. Une sphère en polystyrène plantée d'œillets rouges, les fleurs préférées de Séraphine, comme en lévitation sur un bougeoir en verre.

Il se dit qu'avec un peu de chance, en France aussi, on était capable de réaliser une telle prouesse.

La jeune fleuriste fut un peu intimidée par l'exigence de l'homme en face d'elle. Aussi par ses tempes grisonnantes et son air sûr de lui. Elle avait toujours aimé les hommes plus âgés, elle se sentait rassurée dans leurs bras et, celui-là, elle en aurait bien fait son quatre-heures. Mais le monsieur venait commander une réalisation complexe pour faire plaisir à son épouse.

Trois jours plus tard, Georges refusa catégoriquement une invitation à dîner chez Sofia, la meilleure amie de Séraphine. Envie de rester au chaud avec sa femme.

— Mais ça t'ennuie si, moi, j'y vais ? lui demanda Séraphine.

— Je ne veux pas te l'interdire, ce n'est pas mon genre, mais j'ai très envie de passer la soirée avec toi. Vraiment.

— Pour quoi faire ?

Elle lui caressa le torse, l'air coquin.

— Rien. Absolument rien. Je rêve de ne rien faire. J'en ai plein les pattes. C'est comme si cette rentrée ne finissait jamais. On est en octobre et ils me cassent encore les pieds avec les frais d'inscription…

Séraphine simula un bâillement exagéré.

— Ah bah, dis-le, si je t'ennuie !

— Pour une fois que tu parles, je n'aurais pas dû te couper.

Elle fila vers leur chambre en riant comme une enfant.

Elle refuserait donc l'invitation de Sofia, déçue, mais son couple avant tout.

« On ne peut pas venir, Georges veut qu'on reste à la maison, à ne rien faire :(»

SMS envoyé.

La réponse ne tarda pas. Sofia vivait collée à son portable. C'était exaspérant quand on était avec elle mais pratique quand on ne l'était pas.

« Waouh, le programme... Au pire, tu le couches et tu files en douce ? »
« Je ne peux pas faire ça, s'il se réveille, il va être perdu ! »
« T'as pensé à une mari-sitter ? »

Séraphine rit.

Sofia savait déjà que Séraphine et Georges ne viendraient pas dîner, puisqu'elle s'apprêtait à débarquer chez eux pour garder Luz sur ordre de Georges qui avait organisé un anniversaire de mariage surprise.

Séraphine ne se doutait de rien. Elle mettait un point d'honneur à oublier toutes les dates. Presque toutes. Ayant peur qu'en mémoriser une seule fasse ressurgir les autres. Ensuite, elle craignait de devoir être triste par obligation, ou pire, heureuse parce que c'était le jour de l'être.

En prévision de la soirée papi-mamie, Séraphine sortit le plaid et alluma quelques bougies tout en discutant avec Luz. Sofia sonna et entra comme une fusée. Elle attrapa la petite, la fit valser, lui ébouriffa les cheveux et la jeta sur le canapé pour un câlin mémorable avec tata Soso.

Pas le temps de poser de questions que Georges les rejoignit, en costume et avec la fameuse boule d'œillets dans les mains.

— Oh, les fleurs… comme à notre mariage… réagit Séraphine.

À vue d'œil, la boule comporte vingt-cinq ou vingt-six têtes d'œillet pour un diamètre de polystyrène d'environ seize centimètres. Pour notre mariage, le diamètre était de dix-sept centimètres et demi et la fleuriste avait jugé opportun d'y planter vingt-sept têtes d'œillet.

— Oui, les mêmes, pour toi… dit-il en lui tendant le bouquet.

— C'est…

— Notre anniversaire de mariage, oui.

Elle observa sa tenue d'intérieur, ses cheveux en vrac, et interrogea Georges du regard.

— Départ dans vingt-trois minutes.

— Je serai prête ! dit-elle en faisant un salut militaire, main sur la tempe.

Elle réapparut dans le salon, robe bleu nuit frôlant les genoux, dentelle sur les épaules. Elle avait à peine relevé ses cheveux. S'était maquillée comme à son habitude, délicatement. Elle tendit la main à son mari, salua Sofia, tenta d'embrasser Luz déjà emportée dans un tourbillon d'excitation.

— Où va-t-on ? le questionna Séraphine à peine dans la voiture.

— Tu crois vraiment que je vais te l'dire ?

— Non, mais j'aurai tenté.

— Tu as ta carte d'identité ? s'inquiéta-t-il, après une bonne vingtaine de minutes de route.

— C'est gentil de me faire croire que j'ai l'air trop jeune pour rentrer en boîte, mais…

Il se gara devant un casino. Restaurant-casino. *Très bonne idée.* Elle avait toujours raffolé de la roulette. De ce sentiment grisant et de ce qui l'entourait. Les numéros à cheval, le risque du zéro, les gros joueurs qui recouvrent tout le tapis et ceux qui jouent un jeton à la fois, les insouciants qui mettent cent euros sur une couleur et ne réapparaissent qu'après tirage. Elle pouvait se perdre des heures dans le calcul de probabilités, s'enrouler dans les chiffres et se laisser emporter, loin, très loin. Mais, malgré cette joie procurée par l'adrénaline des numéros qui dansent, elle avait toujours su être raisonnable. Ne pas faire comme son père. Perdre ce qui n'a jamais eu le temps d'être vraiment à lui, rentrer la queue entre les jambes et faire payer à d'autres de ne rien avoir au change… Elle y pensa quand son voisin de table chercha, en vain, dans sa pochette de chemise un reste de billet, un pliage d'espoir.

— Ça ne va pas ? s'inquiéta Georges.

— Si, si, je m'amuse beaucoup. Alors, tu paries sur quel numéro ?

La soirée fut douce. Sofia n'appela pas. Du temps rien qu'à eux. Ils jouèrent un moment puis dînèrent.

À table, Georges observa cette femme en face de lui, celle qui lui avait tendu la main quelques heures plus tôt, celle qu'il avait vue dans tous les états ou presque, blanche l'hiver, bronzée l'été, en jogging ou en robe de mariée, à son bras, à son bras à lui. Il l'avait aussi vue le ventre tendu, enveloppe sensuelle de leur enfant. Dans ce bar, il avait d'instinct été attiré par elle. Une aura. Un truc, comme on dit. Il ne se doutait certainement pas qu'il l'épouserait. Sinon, il aurait fait les choses différemment. Peut-être. Il n'aurait pas couché le premier soir. Il aurait tenté de la séduire plus tranquillement, ne se livrant pas tout entier tout de suite. Ne découvrant pas tout d'elle aussi vite non plus. Il aurait surfé sur une vague de magie avant de déboutonner un chemisier, de frôler un sein, d'en saisir la forme longuement imaginée. Mais ça avait quand même fonctionné. Tant mieux. Il lui avait présenté sa famille très rapidement aussi. Il en avait présenté d'autres avant elle, mais ça n'avait pas été pareil. Ce jour-là, il était intimidé. Et il l'était encore un peu aujourd'hui, d'ailleurs.

Je ne comprends pas tout de cette femme. Les années passent et elle m'intrigue encore. C'est peut-être ça, le secret d'un sentiment qui dure.

Il se sentit bien, là, au restaurant, coupant sa Saint-Jacques face à son épouse.

Il aurait pu être vexé, elle n'avait pas pensé à leur anniversaire de mariage, mais il était prévenu, elle oubliait volontairement les dates. Il ne savait pas pourquoi. Il n'était pas du genre à l'aise avec les questions et encore moins avec les réponses.

La fin de soirée fut fructueuse. Séraphine enchaîna les numéros pleins et les bonnes combinaisons, rouge, noir, pair, impair et plusieurs fois le neuf. À tel point que le chef de salle s'intéressa à son cas. La chance retomba un peu et, avec elle, la suspicion. Finalement, ils repartirent avec un petit pactole, quelque trente euros de gain tout de même, le ventre plein, du bon vin traînant encore sur les papilles et des souvenirs à trier.

+ 10 points-bonheur pour la surprise de Georges. Complice : Sofia. Demander à Luz si elle savait. Ma chipie.

+ 6 points-bonheur pour l'avant-arrivée au casino, quand j'ai observé la route sans deviner où nous allions, ces minutes où toute destination était encore possible.

– 4 points-bonheur pour la Saint-Jacques pas cuite, nacrée, oui, mais crue c'est un peu écœurant.

– 5 points-bonheur pour la suspicion de triche du chef de salle. Moi, tricheuse ?

5

— Il y fait vingt-cinq degrés toute l'année, avait lancé Georges quelques jours plus tard en remplissant le lave-vaisselle.

— Vingt-cinq degrés ? Tous les jours ? s'étonna Séraphine.

— Oui, oui.

— Matin, midi et soir ?

— Mais non, voyons. Ce que je veux dire, c'est qu'on ne risque pas d'être surpris par la météo et ça a du bon, non ?

Ce serait donc Lanzarote. Georges, pratiquant à la paroisse du « Comme tu veux », avait pour une fois émis une envie. Séraphine s'y était engouffrée et avait tout organisé. Elle y était déjà. Une semaine qu'elle portait des tongs à la maison et Luz son petit maillot de bain sous son pyjama. Georges s'en amusait. Dans le taxi pour l'aéroport, il s'assoupit, bercé par les « Et aussi, après, on fera… » de sa femme et de sa fille. Lui, il espérait juste qu'il ferait bien vingt-cinq degrés.

La moiteur les arracha à leur automne pluvieux lyonnais en quelques secondes seulement. Séraphine croisait les doigts pour que l'hôtel soit fidèle aux photos et ce fut le cas. Une réception en bois sombre, une chambre spacieuse, une pataugeoire pour la petite, une grande piscine en haricot pour eux et une plage privée avec transats en tissu et bar à cocktails. Dans sa projection, il manquait juste la bande-son. La musique douce dans les allées pavées, le merengue au bord de la piscine, les cris de paons et le rire de Luz.

À peine furent-ils sur la plage, Séraphine entamant son cocktail, que résonna un familier « Maman, tu viens ? ».

Luz l'appelait, au loin, dans l'eau bleue qui lui parut tout à coup si sombre, dans les bras d'un père qui avait pied, lui. *Non, maman ne viendra pas, maman ne sait pas nager.*

— Je finis mon livre. Moi, j'animerai l'activité châteaux de sable, d'accord ?

— Oui, d'accord.

Elle chassa d'un mouvement de tête presque imperceptible une pensée trop triste pour le lieu, trop obscure pour la luminosité ambiante, non adaptée. On était mercredi, elle n'était pas là où elle devrait être et elle aurait aimé savoir nager. Bon sang, ce qu'elle aurait aimé. Ça aurait voulu dire que…

La gamine, trempée, se jeta dans ses bras.

— Heureusement que l'eau est chaude, coquine ! Sinon…

— Sinon quoi ? lui lança sa fille, le torse bombé de l'insolence de son âge.

— Tu veux vraiment savoir ?

Sans lui laisser le temps de répondre, elle embarqua la petite dans une tempête de guilis avec pauses respiration réglementaires.

Les journées passaient en un rien de temps, remplissant tout de même la boîte à souvenirs, la réserve de vitamine D et le capital bonheur pour quelques mois.

— Tu as gagné combien de points-bonheur, ma chérie, pendant ces trois premiers jours de vacances ? enquêta Georges.

— Tellement… mais je ne les prends pas en compte, tu sais.

— Comment ça ?… C'est pas juste !

— Pas juste ? Si je les compte en dehors du quotidien, ça n'a plus aucun sens. Ici, forcément, je suis bien, donc ils n'auraient pas vraiment de valeur. Tandis qu'un câlin prolongé de mon mari après une journée compliquée au boulot… ça vaut un point-bonheur, un vrai !

— T'en fais, des comptes d'apothicaire…

Séraphine lui avait tourné le dos, vexée. Georges, sans même la voir, connaissait sa moue boudeuse. Avec le temps, il avait appris à la manier. Avant de se braquer vraiment, c'était silence renfrogné. Souvent, un baiser suffisait à la ramener à lui. Parfois, les grands moyens s'imposaient.

— Luz ! Viens voir. Tu te souviens de la tempête de guilis de maman ? C'est l'heure de la vengeance !

Et le dernier soir arriva. Trop vite. Comme tous les derniers soirs de vacances. Au bar extérieur de l'hôtel, depuis son fauteuil lounge, Séraphine fixa la plage et, un instant absorbée par le vent dans les palmes, oublia que le lendemain elle devrait remonter dans l'avion, rentrer chez elle, défaire les valises, que le dimanche passerait vite entre le ménage qu'elle avait laissé en plan pour ce plus tard qui menaçait et les lessives, que le lundi de reprise ferait place au mardi de réunions et au mercredi, à ce foutu mercredi ! Georges, qui vit le voile assombrir le regard de sa femme, lui proposa de compter les étoiles. Compter. Il savait que ça l'apaiserait. Au fil des années, il avait développé des techniques pour la faire remonter à leur surface sans jamais creuser pour savoir. Il n'avait jamais souhaité lire son carnet de points-bonheur, n'avait jamais regardé par-dessus son épaule ou ne l'avait jamais ouvert pendant qu'elle prenait sa douche. Il considérait le voile comme un membre de la famille un peu trop susceptible, un animal de compagnie qu'il fallait dompter. Ensemble.

Elle en était à peine à une dizaine d'étoiles quand Luz insista pour faire la tournée d'adieu des copains de maman, comme elle les appelait. À savoir, le barman de la plage avec qui elle avait échangé quelques blagues, la serveuse du restaurant et des Américains que Séraphine avait imités discrètement à chaque repas, la bouche pleine. Georges ne tint pas à aller avec elles. Il passa son tour. « Tu comptes tes mots, lui répétait Séraphine, un poil moqueuse. Veille à ne pas être enterré avec une réserve encore à moitié pleine. Le plus riche du cimetière ! »

Une petite demi-heure plus tard, il fut tiré de sa rêverie par un tourbillon de rires qui s'approchait. Luz imitait à son tour les Américains et Séraphine n'en pouvait plus. Elle avançait, toute courbée, main sur le ventre, suppliant l'enfant d'arrêter. Georges ferma les yeux pour figer l'instant. Deux rires. Et plus de voile. Suspendu.

— Luz, il est temps d'aller se coucher, dit Georges.

— Oh, non… pas tout de suite… encore quelques minutes, supplia Séraphine.

— Sois raisonnable, demain on voyage, elle doit dormir !

Et Séraphine s'adonna au rituel du coucher auquel elle tenait certainement plus que sa fille. La tornade de bisous, l'histoire, le câlin et la chanson de bonne nuit à deux voix.

— Elle est quand même facile, cette gosse, dit Georges à sa femme une fois au lit. Ça me donne presque envie de…

— De ? le coupa-t-elle.

Il lui attrapa la main sous le drap.

— D'en faire un deuxième. Je suis curieux de savoir à quoi ressemblerait un nouvel assemblage de nos deux corps.

— Mouais, je sais pas. On ne risquerait pas de tout chambouler ?

— Sans doute. Mais ce serait bien pour Luz, un petit frère.

— Ou une petite sœur ?

— Oui, oui, pareil. Non mais, c'est vrai, moi, avec Thomas, bon, même si on est différents…

Séraphine acquiesça. *Le jour et la nuit.*

— Bon, OK, très différents… on en a partagé, des bons moments… et surtout on se défendait dans la cour ! J'sais pas, j'vois pas trop Luz grandir toute seule. Grandir tout seul, ça rend un peu pourri-gâté.

Georges se reprit, gêné.

— Je ne disais pas ça pour toi, Sé.

— Oh, t'inquiète pas, va. Mais, c'est un peu cliché, ton truc.

— T'as raison. Je ne peux pas être parfait tout le temps ! Dis, tu regrettes d'être fille unique, toi ?

La nausée monta.

— Par moments, oui.

Et elle se blottit dans ses bras. Le mal au cœur s'installa, comme chaque fois que le sujet revenait sur le tapis. Vingt-trois fois, elle avait failli lui dire qu'elle avait un frère et que, à bien y réfléchir, ni son père ni sa mère n'était mort dans un accident de voiture. Mais c'est cette image qui avait surgi spontanément quand Georges lui avait demandé qui étaient ses parents, curieux de savoir auprès de qui elle avait grandi. Après coup, l'assimilation avec le choc contre un platane lui avait paru logique. Presque poétique. Il était bien question d'écrasement de son noyau familial, un jour précis, de l'éradication de sa naïveté en un seul geste, un geste de trop. Vingt-trois fois, donc, elle avait failli tout dire. Mais elle n'avait jamais trouvé le vrai bon moment. Entre le plat et le dessert ? « Au fait, je t'ai pas dit… que je suis sotte… j'ai dû oublier… tu as un beau-frère, il s'appelle Paul… ah oui, et donc Luz a un oncle. Incroyable, non ? »

6

Dans le bus, Séraphine se dit que, si elle avait dû évaluer son séjour, dans son carnet elle aurait écrit :

+ 10 points-bonheur pour Lanzarote.

– 3 pour le lit à barreaux qui était installé dans notre chambre le premier soir. Comme si j'allais mettre mon enfant dans une cage !

Luz dormait dans un lit de grande depuis longtemps déjà et, bébé, elle avait un lit nuage avec parois en Plexiglas. Pas de barreaux. Georges prenait ça pour une phobie. S'il savait.

À l'aéroport, elle suivit le troupeau. Les Lyonnais en vacances. Ne plaisanta avec personne. Sauf avec sa fille, de temps en temps, bien sûr. Elle bougonna un peu à la sécurité, ne comprenant pas comment on pouvait fabriquer une bombe avec deux cent cinquante millilitres de crème de nuit, qu'elle n'avait pas sur elle, mais bon, c'était pour le principe. Elle interrogea l'employée présente sur la notion d'intimité quand on forçait les gens à mettre leur lotion anti hémorroïdes dans une pochette transparente comme venait de le faire le papi devant elle. Poussée au-delà du portique par une absence de réponse, elle patienta les bras en croix, prête pour la fouille au corps.

— Ma chérie, personne ne va te fouiller. Ce n'est pas systématique, tu sais.

Ah oui, c'est vrai, se dit-elle. *On n'est pas mercredi. Je suis dans un aéroport.* Elle se colla contre Georges qui accepta ce câlin impromptu, bien que gêné. Il se sentit con, là, sans chaussures, ceinture à la main, enlacé au milieu de tout le monde. Séraphine reprit du poil de la bête, comme toujours. Elle récupéra ses affaires, remit sa montre, rangea son téléphone dans la poche intérieure gauche de son sac à main, toujours la même, et se mit à courir derrière sa fille en criant : « Si je t'attrape… »

Je l'aime, pensa Georges, *ce que je l'aime*. Était-ce l'intuition du moment de faiblesse de son épouse, ou le fait de la voir faire le pitre sans se formaliser des soupirs des vieux tenant à dormir un peu avant le départ de l'avion, prenant de l'avance sur le repos éternel ?

7

Georges examina son salon, incertain.

— Tu as encore changé les meubles de place ?

— C'est pas moi, c'est Luz.

Il resta idiot. Séraphine avait déjà quitté la pièce. Il ne l'avait pas vue faire mais il savait exactement comment ça s'était déroulé. Sourire en coin, demi-tour contrôlé, impulsion talons et petits pas de fouine vers la cuisine. Où il la rejoignit. Il venait de rentrer du travail, tôt pour une fois. Luz lui offrit deux grands yeux d'amour.

— Papa, tu rentres tôt !

— C'est injuste, finalement, commenta Séraphine, moi, je suis là pour le bain presque tous les soirs et c'est normal. Et toi, tu rentres tôt une fois et c'est la fête !

Luz fronça les sourcils, inquiète. Séraphine l'attrapa et la fit tourner, l'embrassa dans le cou au moins à mille reprises et la reposa sur son tabouret haut.

Georges aimait rentrer tôt, voir la lumière de fin d'après-midi rebondir sur le parquet de son bel appartement, un soir de semaine, lui semblait un luxe, mais il se sentait toujours un peu étranger à la vie de la maison avant 18 h 30. Comme si ce n'était pas encore son domaine. Quand il essayait de participer, pleuvaient des « Maman, elle fait pas comme ça » et des « Bon, laisse, tu ne m'aides pas au final, je vais le faire ». À 18 h 30, par contre, il trouvait sa place. Il était un heureux pion dans l'organisation familiale. Première étape : câlin à trois têtes sur le canapé gris, le plus confortable. Puis Séraphine s'échappait en cuisine, jonglait avec quelques casseroles et avertissait qu'il était temps de mettre le couvert.

Ce soir-là, le câlin à trois têtes lui offrit un angle différent sur son salon, le canapé ayant changé de place. S'il y avait prêté attention, il se serait rendu compte que ces modifications s'opéraient souvent le mardi. Mais il ne faisait pas vraiment attention.

— À quelle heure vient Anna demain ? se renseigna Georges.

Anna était la baby-sitter de Luz le mercredi et les fins d'après-midi, pour la jonction école-parents.

— Comme tous les mercredis… à 9 heures.

Le reproche tout juste déguisé glissa sur Georges.

— Pourquoi tu demandes ça maintenant ?

Séraphine était contrariée.

— Parce que demain je commence à 10 h 30. Elle aurait pu venir plus tard.

— Il fallait la prévenir avant, non ? Je ne compte pas lui envoyer un texto pour la décaler à cette heure-ci.

— Ça va ?

— Oui. C'est juste que demain j'ai une très grosse journée, un bilan chiant à rendre et tu connais Grattelaisselle…

Georges ne savait même plus comment s'appelait, pour de vrai, le patron de sa femme. Des années qu'il entendait Grattelaisselle par-ci, Grattelaisselle par-là.

— Un jour, tu vas te tromper de nom.

— Ah non ! Jamais ! Même à Jocelyne je ne le dis pas, alors, tu vois.

Et, le lendemain, elle ne risquerait toujours pas de le dire à Jocelyne, sa collègue, parce que le lendemain, pour de vrai, elle ne travaillerait pas. Comme tous les mercredis.

8

Séraphine ne sait pas nager et ne saura jamais. Trop tard.

Le mercredi, toutes les gamines du village allaient à la piscine, gratuite pour les moins de douze ans depuis que le maire avait perdu sa nièce, noyée. Séraphine allait en prison.

Un jour par semaine. Peine partielle.

Un mercredi, pour la première fois, on avait ouvert la cage et laissé entrer une petite fille de six ans avec sa maman. Elle lui avait serré la main si fort qu'elle avait senti les os maternels craquer. Ou était-ce sa mâchoire ?

Depuis, l'unique changement dans cette routine du mercredi était que plus personne ne lui tenait la main et que plus personne ne savait où elle était ce jour-là. Personne.

Mêmes lieux, mêmes gestes, mêmes appréhensions, mêmes angoisses.

Elle ne s'y habituerait pourtant jamais.

Attendre devant le porche, observée par une lourde porte qui se nourrit du reste de légèreté de votre vie quand vous la franchissez.

Avancer au radar lorsque l'ouverture gronde, sourde, gutturale. Lever les yeux pour s'assurer que le gardien a bien ouvert. Franchir volontairement la marche de fer séparant la rue, théâtre d'une déambulation libre, et l'enceinte froide où le chemin de promenade est immuable.

Donner manteau, ceinture et chaussures à un gardien qui semble de marbre. Pauvre bougre.

Enfiler des chaussons rigides de crasse.

Écarter les bras pour se faire fouiller.

Attendre trop longtemps, ou pas assez, entre ventres ronds, enfants trop jeunes, vieilles trop vieilles et petits caïds devenus poupées de chiffon.

Se laisser incruster passivement par l'odeur pestilentielle.

Entrer dans le parloir, se forcer à sourire pour transmettre à Paul un peu de chaleur de l'extérieur, un peu d'amour, malgré son cœur serré. Elle se demandait souvent s'il ne risquait pas de lâcher pour cause de maltraitance hebdomadaire.

Le mercredi, elle ne travaillait pas. Jamais. Le mercredi, elle rendait visite à son frère en secret. Seule. En prison. Au parloir. Qui aurait pu s'en douter ?

Deux tabourets. Du bois. Une table. Du fer.

Un… deux… trois… top départ ! Eh bien, parlez, maintenant.

Au fil des années, ils avaient progressé. La première fois que Séraphine était venue sans sa mère, elle s'était tue toute l'heure, sans repères, engourdie de silence.

Maintenant, ils s'observent en moyenne trois minutes – elle chronomètre –, Paul note les détails de la tenue de sa sœur et ils s'en nourrissent pour engager la discussion. « T'as un nouveau manteau ? » entraîne une conversation sur le lieu d'achat, souvent Séville où Séraphine aime faire son shopping. À travers les récits de sa sœur, Paul se passionne pour cette ville, il dit en riant que c'est son lieu d'évasion.

Il voudrait y aller avec elle, la prendre par le bras et se perdre dans les ruelles. Elle ferme alors les yeux et imagine l'excuse plausible à Georges, le soleil, l'ocre et les pavés.

Parfois ils réalisent que, malgré leurs treize ans d'écart, ils ont des souvenirs communs, des détails qui les ramènent loin. La première couche de mousse au chocolat de Marie-Thérèse. Les ânes du village buvant au bénitier lâchés dans l'église par tonton Gérard. Émotion gourmande et rire franc. Une impression d'avant, de dehors.

Certains parloirs sont entièrement réservés à Luz. Son oncle, qui ne l'a jamais vue autrement que figée sur du papier glacé, connaît toutes ses copines de parc, sait à quel âge elle a fait pipi dans les « poilettes » pour la première fois et s'amuse de ses tics de langage. Surtout, il rêve de son odeur. Il pressent que seule une odeur d'enfant pourrait adoucir celle d'une prison, mélange aqueux de sueur et d'excréments.

De temps en temps, ils parlent de ça. Des champignons sur la langue, des toilettes trop basses collées dans le coin d'une cellule prévue pour deux partagée avec trois autres, des bagarres, des clans, du surenchérissement musculaire pour ne pas être le plus faible, de la radicalisation. Des tentations.

Mais Paul édulcore et décrit aussi avec fierté son amour nouveau pour les livres, son travail de manutention dans lequel il s'investit, les cours de cuisine et son fameux riz au lait qui le gonfle d'orgueil comme un opéra ou un trois-chocolats, les cours de peinture sur soie (et non sur soi, comme Séraphine l'avait compris au départ) qui le canalisent.

Depuis ses six ans, Séraphine a un frère en prison et presque toute sa vie un mercredi en a un poussé un autre. Certes, il n'y est pas resté en continu mais c'était tout comme. Deux ans par-ci pour un cambriolage qui a mal tourné, trois ans par-là pour revente de drogue avec refus de dénoncer ses chefs, et un autre séjour de presque quatre ans pour récidive, et go fast foiré. Entre-temps, des périodes border, sauf la dernière, l'accalmie. L'espoir de réinsertion ayant été étouffé dans l'œuf par l'acte final qui l'a mené tout droit à une lourde peine, sans repasser par la case départ.

— Je ne t'ai pas trop manqué mercredi dernier ? le questionna-t-elle ?

— Même pas remarqué que t'étais pas venue…

— Menteur, va.

— C'était bien ?

— Très. Georges avait raison pour les vingt-cinq degrés. Sauf pour le matin, une petite laine était bienvenue.

— Te connaissant, tu as dû le lui faire remarquer.

— Oui, tous les matins !

— Chipie.

— J'ai l'impression d'être une gamine, quand tu m'appelles comme ça.

— Tu s'ras toujours une gamine.

Séraphine n'omit aucun détail de leur séjour. Paul ferma les yeux. Il était sur la plage, les orteils enfouis, l'arête du nez qui commence à chauffer, emporté par le bruit des vagues. Le gardien frappa à la vitre. Séraphine caressa le visage de son frère pour le réveiller. Ils se quittèrent sur un sourire, comme toujours. Malgré leurs différences, ils avaient des réflexes de vie communs. Ne jamais quitter l'autre fâché, toujours se séparer sur un sourire. Dernière image possible. Un sourire.

Elle rejoignit sa voiture. Retira son imper, le plia soigneusement et le posa délicatement sur le siège passager.

Elle veilla à ce que sa jupe ne prenne pas de faux plis lorsqu'elle s'assit.

Elle retoucha son maquillage, remit un peu de fard à paupières, appliqua sur ses lèvres, très concentrée, un soupçon de carmin.

Elle remit son rétroviseur intérieur bien en place et s'effondra.

Plus aucun détail n'absorbait son attention.

Tout était bien rangé, à sa place. Elle envia les choses d'avoir une place.

Tout était comme d'habitude, comme tous les mercredis de sa fichue vie. Il était temps de rentrer. Pour ne pas éveiller de soupçons inutiles. Elle n'avait pas envie d'échafauder un autre bout de mensonge. Elle craignait les embouteillages ou d'avoir un accident sur cette route qu'elle n'était pas censée emprunter, bien trop loin de l'axe maison-travail. Mais elle n'avait pas le choix. Elle avait dû apprendre à assembler les imprécisions, de sorte à les rendre crédibles.

Ni embouteillage ni imprévus, elle dut même attendre un peu dans la voiture pour ne pas rentrer plus tôt qu'à l'accoutumée. Elle poussa la porte d'entrée d'un « Bonsoir » virulent à 17 h 12. Anna donnait le bain à Luz, Georges n'allait pas tarder, les courgettes farcies étaient précuites. La soirée s'annonçait tranquille. Elle souffla un grand coup, enfin chez elle, soudain capable de se laisser glisser jusqu'au lendemain, jour qui lui apporterait sans doute des occasions de cumuler des points-bonheur. Ça ne peut pas être tous les jours mercredi.

9

— Alerte, Arlette allaite !

Les jambes de Georges pendaient sur le bord de la scène. Il se demandait pourquoi il ressentait un soulagement à battre ainsi des mollets. Est-ce que ça aurait été le cas dix ans auparavant ?

— Alerte, Arlette allaite !

Non, il ne devait pas commencer à lister ce qu'avait bousculé dans son corps le passage de la trentaine, pas le moment.

— Alerte, Arlette allaite !

Séraphine lui mit la main sur l'épaule, et son joli filet de voix lui chatouilla l'oreille.

— C'est à toi de répéter la phrase, mon cœur.

— Ah… très bien. Alerte, Arlette allaite, marmonna-t-il.

Francis, leur nouveau prof de théâtre, le pria de recommencer.

Georges extirpa légèrement la phrase de sa barbe.

— C'est mieux. Pourrais-tu la crier ? La sortir avec colère ?

— Pourquoi je serais en colère contre cette pauvre femme qu'on ne laisse même pas allaiter tranquille ?

— C'est du théâtre et c'est un exercice de diction, mon chéri, intervint Séraphine.

— Bon, bon, certes. Alerte ! Arlette allaite !

— Bien mieux, Georges, bien mieux.

— Alerte ! Arlette, alitée, allie liqueur et acrylonitrile !

Georges s'était levé comme un seul homme et avait déclamé sa réplique haut et fort avant de se rasseoir et de se remettre à visualiser le système de circulation sanguine de ses membres inférieurs. Il aimait comprendre, que les choses aient un sens. Aucune raison de s'acharner sur cette Arlette qu'il ne connaissait même pas mais qui aurait pu être, par exemple, la voisine de sa grand-mère et qui aurait, pour sûr, mérité de donner le sein en paix. Tandis que la laisser mélanger acrylonitrile et liqueur, ça, jamais !

— C'est quoi, l'acrylonitrile ? s'étonna Séraphine.

— L'acrylonitrile est une substance toxique qui, selon son mode d'ingestion…

— Non, laisse tomber, en fait, je m'en fiche.

— Tu vas encore me dire que ton cerveau n'a pas la place de stocker toutes les informations qu'il croise ?

— Tout à fait !

— Et ça ne sert à rien que je tente encore de te démontrer le contraire, n'est-ce pas ?

— À rien du tout.

— Soit.

Séraphine, loin de se douter que l'utilisation des poisons l'intéresserait bientôt, se concentra sur les petites lumières qui, à travers sa vitre de voiture, lui échappaient. Elle plissait les yeux pour attraper la lueur du dernier feu vert et tenter de la ramener jusqu'à la maison, en vain. Georges essayait, tout en conduisant, de se rappeler où il avait récemment lu un article sur les substances toxiques.

— Il est bien, Francis, non ?

— Oui, répondit Georges, peu enclin à débattre sur leur nouveau prof de théâtre.

— Mieux que Solange, finalement.

— Tu trouves ? J'sais pas trop.

— Elle était bonne prof mais sa voix m'horripilait, on aurait dit qu'elle avait bouffé un ado prépubère.

— Ah…

— Et puis, je sais pas, hein, mais j'ai le sentiment qu'on va progresser, j'en avais marre, des textes classiques sans marge de manœuvre. Tandis que l'impro…

— Ça te ressemble bien, ça, l'impro. Broder, tu sais faire.

Et mentir ? pensa-t-elle. Tu m'en crois capable ? Hein, mon amour ?

Sur la fin du trajet théâtre-maison, ils croisèrent trois voitures blanches, deux rouges, aucune orange. Ils libérèrent Anna à 21 h 46. Luz avait bien dîné, apprécié l'histoire et s'était endormie aux alentours de 20 heures/20 h 30. Georges regarda sa femme du coin de l'œil, se doutant que l'imprécision de l'horaire la froisserait un peu, mais elle fit l'effort de ne rien dire. « Les gens ne peuvent pas être parfaits, tu sais, si tu attends d'eux de l'être selon tes critères, tu vivras déçue. » Quelques adages de sa mère lui étaient encore utiles.

— Alerte ! hurla Séraphine.

— Quoi ? Qu'est-ce qu'il y a ?

Georges, essoufflé, venait d'entrer dans la salle de bains, verre de whisky d'après cours de théâtre encore à la main. Il y trouva sa femme, en nuisette, un sein nonchalamment sorti, le droit, son préféré. Et ce regard qui n'aurait trompé personne…

— Arlette allaite, murmura-t-elle.

Et ce qui devait arriver arriva, rapidement et plutôt sauvagement, puis de nouveau, tendrement.

« Je t'aime, mon ours » fut la dernière phrase de la journée que Georges entendit avant de tomber dans le seul état qui mettait un terme à la danse des questions dans sa tête. Il s'estimait heureux, c'est pas ça. Son job lui plaisait toujours même après plusieurs années, et sa femme aussi. À trente ans à peine, son pouvoir d'achat était plus que correct. Propriétaire d'un superbe appartement à Lyon, il y vivait avec son épouse et sa fille formant, sur le papier, la famille parfaite. Mais il y avait toujours ce truc qu'il ne réussissait pas à définir. Ce voile. Des petits éclats sur la peinture, une ombre. Ce n'était sans doute rien. Ou seulement dans sa tête. Tout le monde a le droit de s'inquiéter, après tout. Si on ne s'inquiète jamais, est-ce que l'on existe vraiment ?

+ 1 point-bonheur : l'histoire de l'acrylonitrile de Georges au théâtre (en opposition à la phrase sur Arlette qui allaite).

+ 1 point-bonheur : Luz n'a pas (encore) attrapé la gastro qui circule à l'école.

+ 1 point-bonheur : mon impro sur l'amour-papillon saluée de tous.

+ 1 point-bonheur : sûre que Sofia m'organise un truc pour mon anniv'.

– 1 point-bonheur : aucune voiture orange sur le trajet.

10

— Papa, des fois, il met tes culottes.

Georges bloqua le trajet de sa cuillère pleine de soupe. Séraphine écarquilla les yeux et demanda des précisions.

— Comment ça, papa met mes culottes ?

— Une fois, je l'ai vu. Il se cachait, mais moi je l'ai vu ! Avec ta culotte bizarre, précisa Luz.

— Chéri, tu portes mes strings en cachette ?

— Bien sûr que non !

Trop tard, l'image était là. Séraphine prévisualisait tout. Au marché, le boucher empoignait un couteau, plaçait la pièce de viande bien au centre de la planche et en entamait la découpe. Déjà le sang coulait et le doigt tombait. Un ou plusieurs. Tout dépendait du temps qu'il mettait avant d'interrompre son imagination ruisselante d'un « Ce s'ra tout madame ? ».
— Oui oui, et c'est déjà pas mal, monsieur !

Luz explosa de rire.

— C'est des blagues, maman !

— Ça c'est ta faute, Sé ! commenta Georges.

— Ma faute, ma faute… et pourquoi donc ? se défendit-elle en souriant.

— Avec les bêtises que tu lui racontes… elle prend exemple. Comment on va faire, maintenant ?

— Et quelles bêtises, monsieur ? Je ne dis que la vérité, rien que la vérité, tu le sais bien.

— Que sa maîtresse a une girafe comme animal de compagnie ?

— Et qu'est-ce que t'en sais, toi ?

— Que ma mère est en train de tricoter la plus grande écharpe du monde et que, quand elle l'aura finie, elle fera la longueur d'un trajet Paris-Sydney !

— J'ai dit Paris-Berlin ! C'est toi qui mens, mon cher. Et ne sous-estime pas ta mère comme ça, c'est moche.

— Oui, enfin, Paris-Berlin, voyons ! Comment une écharpe peut mesurer mille cinquante-quatre kilomètres ? Oh… tu me fais dire des bêtises !

Séraphine rejoignit Luz qui avait déjà quitté la conversation, elle apprenait à écrire à ses poupées sur son tableau noir.

— Charlotte sait écrire son prénom, maman !

— Bravo, Charlotte, dit Séraphine, embrassant le front vanillé du poupon bien sage.

Et elle resta là, sans rien faire d'autre qu'observer sa fille jouer à faire la classe. Georges bricola dans l'arrière-cuisine. La journée était douce. Elle imaginait déjà la page du jour. Toute griffonnée de points-bonheur. De temps en temps, elle se surprenait à vouloir que la journée se termine pour avoir déjà le plaisir de les compter, comme on ferait une bêtise juste pour la raconter.

Le parc de la Tête d'Or accueillit leur pique-nique de presque 14 heures. Flâner à la maison ne rend pas très efficace, mais peu importe. Avant de partir, Luz avait grignoté un sandwich de mousse de canard, celui que papi André tartinait pour sa maman, avant. Elle l'avait englouti dans le dos de son père qui ne comprenait pas que les règles nutritives, comme les autres, ont été créées pour être bafouées, ponctuellement.

— Mais j'ai le droit, maman ?

— Non, mais quand on n'a pas le droit, on prend l'gauche !

— Papa, il prend l'gauche aussi ?

Non, certainement pas. Pendant que la mioche avalait son en-cas, elle ne réussit pas à trouver une image de Georges hors des clous. Un feu orange, un jour, peut-être.

— Papa ne prend pas l'gauche, non, et c'est très bien. J'aime que ton papa respecte les règles.

C'est bien le premier homme de ma vie à le faire. Et c'est rassurant. Aucun risque d'aller le chercher au poste, celui-là.

Séraphine précroquait les tomates cerises de Luz pour éviter leur future explosion sur tissu blanc. Sept tomates par personne. Georges s'occupait de son propre pique-nique. Il avait tout de même étendu consciencieusement la nappe commune, en anticipant la trajectoire du soleil de novembre, indispensable pour contrer une légère brise, pendant leur pause déjeuner. Avec estimation horaire. Séraphine avait alors léché le bout de son index et l'avait pointé vers le ciel, l'air concentré. Moqueuse un jour…

Luz arracha un ballon des mains d'un gosse étonnamment disgracieux qui empira son aspect en se mettant à hurler. Séraphine retint de justesse un « Mais ce qu'il est laid, ce petit ! ». Le père s'approchait d'eux.

— Ah, salut Georges, dit-il. Décidément, on ne se quitte plus !

— On dirait, oui, répondit Georges à son collègue.

— Et qui est cette enfant qui martyrise mon p'tit Marcel ?

— Luz, ma fille. Et voici Séraphine, ma femme. Séraphine, je te présente Jean-Damien, c'est le responsable pédago de l'unité commerciale.

— Enchantée, dit-elle.

— De même, conclut Jean-Damien.

Et comme la conversation menaçait de stagner, Séraphine se rattrapa à la branche de la météo.

— Le temps est mitigé mais on a eu de la chance.

— Oui, de la chance… enfin bon, c'est quand même pas folichon… Mais vous aurez meilleur temps à Aix.

— À Aix ? s'étonna Séraphine.

Le collègue déguerpit, heureusement en n'oubliant pas son gosse, et Georges murmura, penaud :

— J'allais t'en parler.

+ 1 point-bonheur : la blague de Georges en string par Luz.

+ 1 point-bonheur : le goût de la mousse de canard de papi.

– 1 point-bonheur : le visage disgracieux de Marcel qui pleure (et même quand il ne pleure pas d'ailleurs).

– 5 points-bonheur : apprendre par un collègue que Georges a une proposition de mutation à Aix-en-Provence.

– 8 points-bonheur : devoir lui faire refuser une promotion de fou dans une super ville pour cause de menottes invisibles.

11

— Mais tu ne rigoles pas, hein ? la supplia Thomas, frère de Georges et parrain de Luz.

Séraphine, visage fermé, recula sa chaise, se mit debout, leva la main droite et prononça d'une voix grave :

— Je promets d'essayer.

— J'ai oublié mon sac de cours. Et j'avais tout bien préparé, tu me connais.

— Tout bien préparé ? La preuve !

— Tu as promis !

— De ne pas rigoler, mais je peux me moquer… un peu. S'il te plaît…

— Bon… OK. Mon plan était génial en plus, j'avais anticipé les réactions des étudiants. C'était un cours « phrases chocs ». Tu veux que je te raconte ?

— Ai-je bien le choix ?

— Non, pas vraiment. Je leur balance des phrases chocs, là le thème, c'était la Seconde Guerre mondiale, et je les laisse débattre. En plus, le jour de la reprise, ils sont au taquet !

— Mon pauvre Thomas. T'as fait comment, au final ?

— J'ai emprunté le livre de Léandre, ah ça, lui, tête d'ampoule qu'il est, il ne risque pas de l'oublier, son livre. Et j'ai suivi le chemin classique du cours classique. La barbe.

— Tu t'en remettras, mon vieux. Bon… sinon… quoi de neuf ?

Thomas se mit à frétiller. Séraphine eut une pensée émue pour les douze poissons rouges qu'elle avait eus, gamine.

— Je vais me lancer, Sé.

— Dans la peinture ? Enfin ?

— Non non, je vais faire ma demande… À Juliette !

— Merci de préciser, je n'aurais pas deviné à qui.

— Ça aurait pu être à une autre.

Thomas mima un micro avec sa main gauche et reprit :

— Revirement de situation chez les Garin, Thomas rencontre en boîte une belle rousse et veut l'épouser immédiatement, révélation choc dans notre prochain numéro !

— Pourquoi donc une rousse ? Tu es allé quand en boîte pour la dernière fois ?

— M'en parle pas. Ça fait une éternité. Tu crois qu'on aimerait encore ça ?

— Viens, on se prévoit ça le week-end prochain.

— La gueule de Georges, quand tu vas lui annoncer le programme !

— Ça peut valoir le détour. Bon, et cette demande ! Félicitations, au fait. En même temps, ce n'est pas une grande surprise, vu comme tu la vénères, ta Juliette.

T'as prévu quoi ? De descendre en parachute d'un hélicoptère avec une pancarte « Épouse-moi » ?

— Euh… non… pire !

— Ah. Quand même…

— J'ai réservé un numéro de cirque. Un clown et une trapéziste. Au milieu d'un spectacle normal, devant du public, donc, madame sera citée par le clown, et la trapéziste portera un message disant : « Veux-tu m'épouser ? »

— Et si elle décide d'épouser la trapéziste ?

— Ça tourna pas rond chez toi ! D'accord, je signerai le message ! Le seul problème, dans l'histoire, c'est que je ne tiendrai pas jusqu'à la date de la demande sans lui en parler. Tu sais que je ne peux pas garder un secret. Comme toi.

— Comment ça, comme moi ? répliqua Séraphine, méfiante.

— Tu te souviens, rien que pour l'anniversaire surprise de ta belle-mère, tu t'es tellement mordu la langue qu'elle a gonflé !

— T'exagères.

— À peine. T'es une catastrophe, Séraphine. T'es incapable de mentir. Même juste pour faire croire que tu aimes le gratin d'endives.

— Mais j'aime le gratin d'endives !

— Ta lèvre inférieure a tressauté et tes joues ont rougi. Et, tu as raison, j'adore Juliette, je la vénère comme tu dis, mais son gratin d'endives est dégueulasse.

— Oh, comme tu y vas !

— Bon, comment je garde le secret ?

Eh bien, mon grand, tu fais comme moi, tu l'enfouis, une fine couche supplémentaire chaque jour, un mille-feuille, en somme. Mais, la seule différence, c'est que le tien est joli, pas sordide, et qu'il est voué à se dissoudre. Pas le mien.

— C'est un joli secret, Thomas. Pas un stupide mensonge. Et, dans tous les cas, il paraît que « si tu penses que parler peut gâcher une vie ou une surprise, tais-toi ». Un clown, non mais t'es sérieux ? Un clown !

— Sérieux ? Moi, jamais !

Ils avaient leurs habitudes dans ce bistro lyonnais typique. Ils en aimaient la déco et la clientèle vieillottes. Ils s'y retrouvaient de temps en temps. Avec Georges, quand celui-ci pouvait se libérer. Histoire de partager une quenelle ou un saucisson chaud, et quelques anecdotes de la famille Garin. La dernière boulette d'Agnès, la gaffeuse, les phrases marrantes de Luz, les histoires de cours, celles de compta, moins marrantes à vrai dire. Séraphine aimait bien son beau-frère. Elle enviait son mari d'avoir un frère si drôle et si libre, qu'elle pouvait d'ailleurs mettre à contribution pour empêcher Georges d'accepter la mutation à Aix.

— Comment ça, une mutation ?

Thomas eut l'air surpris.

— Oui, une belle promotion, une équipe de quinze personnes, je crois.

— Et le salaire ?

— Dingue.

— Ah. À Aix, c'est ça ?

— Oui.

— Mais c'est à l'autre bout de la France, ça ! s'insurgea-t-il.

— Non, n'exagère pas. Deux heures de route.

— Mais moi je ne compte pas faire quatre heures de bagnole pour voir ma filleule ! Et la spontanéité des rencontres ? À partir du moment où tu dois prévoir un pyjama pour aller voir quelqu'un, la relation s'essouffle.

— Je ne connaissais pas la théorie du pyjama !

— Oui, c'est quand tu dépasses deux heures de route. Et toi, tu veux y aller ?

Oh oui, je veux y aller, oui je veux le soleil sur ma peau, la luminosité de la Provence, fuir les dernières responsabilités liées à mon passé, m'éloigner de la cage et en jeter la clef, quitter la région et disparaître.

— Non, certainement pas ! répondit-elle.

Ses joues n'avaient pas rougi et sa lèvre inférieure pas tressauté. Comme quoi.

— Alors je mets maman sur le coup. Parce que, moi, il ne m'écoutera pas, ça risquerait, au contraire, de lui donner encore plus envie d'accepter. Tu sais comme il est avec moi… Je ne suis qu'un môme et mon avis lui importe autant que celui de Luz. Bref. Maman le fera culpabiliser, elle. Elle lui parlera de mamie dans sa maison de retraite qui va mourir sans le voir régulièrement, elle lui fera voir ces deux heures comme une rupture brutale et non méritée…

— Merci, Thomas.

— De rien, ma belle. De rien.

Depuis que nous sommes là, trente-deux personnes différentes sont entrées dans le restaurant. Soit quelque dix-neuf pour cent de plus que lors de notre rencontre précédente.

Séraphine, ce jour-là, avait plus convoqué qu'invité Thomas, pour qu'il l'aide. Elle ne le savait pas encore, mais convoquer les gens qu'elle aime allait bientôt devenir une manie.

+ 3 points-bonheur : Thomas qui oublie son sac de cours.

+ 2 points-bonheur : Luz faisant le mouton au dîner.

– 1 point-bonheur pour ma douce envie de champs de lavande.

12

— Et le bilan complet sera prêt dans combien de temps ? brailla Monsieur Karédat.

Séraphine écoutait sans entendre ce que baragouinait le client au téléphone. Tout comme elle regardait sans vraiment les voir les images d'Aix-en-Provence défiler sur son écran.

— Madame Garin, ce délai ? s'impatienta Nordine Karédat, directeur adjoint d'un service de nettoyage industriel.

— Disons une dizaine de jours. Nous ferons le plus rapidement possible, bien sûr.

Ce qu'elle aimait l'ocre. Les mêmes pierres qu'à Séville, et les petites places à fontaine, les oliviers, le soleil. La pluie battante sur les vitres de son bureau la conforta dans son envie d'ailleurs. Elle imagina Luz faire tournoyer le bas de sa robe en rêvant, Georges boire un verre de rosé frais et suçoter une olive, elle, grand chapeau de paille, teint hâlé, amusée… puis fut tirée de sa carte postale par Jocelyne, sa collègue.

— Tu fais quoi, Séraphine ?

— Une pause, j'en ai plein la tête.

Ne pas entrer dans les détails. Si elle lui avait parlé d'Aix-en-Provence, Jocelyne aurait immédiatement feint un besoin pressant pour aller en toucher deux mots à Syrielle, la standardiste, qui en aurait alors touché deux autres à la secrétaire de direction... Strike de potins.

Et puis, pourquoi faire tout un plat d'un projet qui ne se réalisera pas ? « La question ne se pose pas », aurait simplement dit la mère de Séraphine. À raison.

Séraphine sauta dans une étude de comptes qu'elle devait finir avant la réunion hebdomadaire, l'éternelle réunion du mardi après-midi. Monsieur Grattelaisselle venait de rentrer de vacances et Séraphine ne savait pas s'il était rouge de soleil ou de colère. Dans le doute, elle se devait d'être prête « pour la réu ».

À 18 h 12, elle entra chez elle, à l'anglaise, discrètement. Se faufila jusqu'au canapé, attrapa son roman en cours et se fixa un objectif de cinq pages avant d'aller envahir le petit corps de sa fille de baisers de maman. Anna, qui avait entendu sa patronne, ne dit rien. Avec Luz, elles construisaient une tour en carton, enfin Anna montait la tour et la petite la détruisait, pour être exact. Puis Séraphine libéra la baby-sitter qui croisa Georges dans l'entrée de l'appartement. Il avait grimpé trois par trois les marches et poussa la porte de la chambre rose en rugissant. Luz se réfugia dans les bras de sa mère. « N'y a-t-il pas meilleur endroit ? », aurait commenté Brigitte. Séraphine choisit de ne pas répondre à la voix maternelle dans sa tête.

— Tu nous fais peur ! fit semblant de reprocher Séraphine à son amoureux.

Georges bloqua son mouvement, prit le temps de réfléchir, un instant suspendu, et se mit à miauler. Luz offrit alors à ses parents le seul son que rien ne peut vaincre, le rire appuyé d'une enfant choyée.

— Alors, ta journée, mon amour ? demanda Séraphine à Georges pendant le dîner.

— J'en peux plus, de Jérôme.

— Le petit stagiaire ?

— Petit ? Il a trente et un ans !

— Façon de parler…

— Il fait n'importe quoi, je perds un temps…

— Et tu n'aimes pas ça.

— Ça, non ! Et toi, ta journée ?

Séraphine raconta la réunion, le coup de soleil de Grattelaisselle, les commentaires de Jocelyne, rien de bien folichon, mais elle trouva un côté rassurant à la banalité de son récit. Une fois Luz couchée, Séraphine se jeta sur son livre. Elle ne remarqua même pas que Georges venait de se glisser nu dans leur lit. Elle sentit à peine quand il lui caressa le dos. Elle ne lui accorda l'attention méritée que quand il miaula de nouveau.

— Eh bah, ça va devenir une habitude.

— S'il faut ça pour que tu m'remarques… dit-il, faussement vexé.

— Oh, mais tu sais, quand je suis dans mon bouquin…

— Si tu veux, je te fais l'amour et toi tu continues à lire.

— Certainement pas !

Et Séraphine écorna sa page, posa le livre délicatement sur sa table de chevet et se retourna vivement vers Georges. Elle se figea, tenta de mémoriser chaque détail de ce corps qu'elle connaissait déjà par cœur. Silencieux, il était occupé à la même chose.

— Tu es beau.

— Et toi donc !

La valse des mots achevée, vint celle des corps.

— J'ai de la chance, commenta-t-elle ensuite.

— Pourquoi ?

— Je ne me lasse pas de ton corps.

— Et moi, pas du tien !

— En même temps, avec le châssis que j'ai... manquerait plus que ça. Et méfie-toi, si tu te lasses, je trouverais facilement repreneur.

Séraphine jouait souvent à la fille trop sûre d'elle. À la prétentieuse insupportable. En pleine conscience qu'elle ne possédait rien de plus que la plupart des autres. Juste qu'elle aimait son corps et qu'il le lui rendait bien. Aucun grand dysfonctionnement de la machine à déplorer. Quelques faiblesses par-ci, par-là, mais rien de grave. Une propension à être enrhumée et prise des bronches, quelques vergetures dues à des variations de poids adolescente, des seins un peu affaiblis par l'allaitement mais, dans l'ensemble, elle se sentait bien dans ses formes, à l'aise dans ses cuisses rassurantes, droite dans son ventre presque plat.

— Bonne nuit, ma chérie.

— Bonne nuit, mon chat.

+ 4 points-bonheur pour le coup de soleil sur le nez de Grattelaisselle.

+ 2 points-bonheur d'avance pour quand il va peler.

– 5 points-bonheur pour la carte postale familiale de la Provence que je me suis créée comme une idiote.

+ 10 points-bonheur pour les miaulements de Georges devenus gémissements…

– 3 points-bonheur pour le chemisier transparent de Jocelyne qui aurait mérité de ne pas l'être. J'ai pas demandé à assister à un tel spectacle, moi.

13

— Et tu n'as pas la moindre idée de ce qu'elle t'organise ? lança Paul à sa sœur, aussi curieux que s'il était invité à la fête.

— Aucune. Mais la connaissant…

— Peut-être qu'elle a prévu un escape game ? Il paraît que c'est à la mode. Moi, j'ai toujours pas trouvé la solution de l'énigme pour sortir d'ici.

Ils rirent ensemble.

— Avec Sofia, on peut tout imaginer. J'ai peur.

— Peur ?

— Comment t'expliquer… elle et moi, on est très différentes. Par exemple, moi je déteste être le centre d'attention de la soirée. Je t'ai raconté son mariage ?

— Environ mille fois. À peine.

— C'est ça, dis que j'radote !

— Tu crois qu'elle va inviter cinq cents personnes à ton anniversaire surprise ?

— Parle pas de malheur !

— Au moins un photographe !

— L'horreur absolue. Je peux venir me planquer ici avec toi, s'il te plaît ? Dis oui.

Séraphine joua à le supplier du regard. Paul ne répondit pas tout de suite. Il fixa ses chaussures un instant, fuyant tout contact visuel.

— Tu trouves vraiment ça drôle, de me demander ça ? reprit-il sèchement.

— Pardon, je… suis désolée.

Le prisonnier marqua une nouvelle pause. Sa visiteuse n'en menait pas large.

— Je déconne, sœurette ! Ça va, flippe pas.

— Imbécile, va ! J'ai cru que j't'avais blessé. Pour de vrai.

— Il m'en faut plus. Bien plus. Bon, revenons à nos moutons. Comment tu sais que Sofia organise une teuf pour ton anniversaire, déjà ?

— J'ai du flair, c'est tout, j'ai du flair !

Séraphine se rendrait compte plus tard qu'elle n'en avait pas tant que ça. Qu'elle n'avait rien intuité de tout ce qu'elle s'apprêtait à vivre.

— Si ça s'trouve, tu vas te retrouver toute seule avec Georges et Luz ce soir-là et t'auras balisé pour rien.

— Si ça s'trouve…

— Ou alors, Sofia a prévu une fête de malade, avec tous tes amis, la famille de Georges, Jocelyne, Grattelaisselle… et tu vas adorer être la reine de la soirée.

— Certainement pas, ah ça non ! J'y ai échappé pour mon mariage, elle ne peut pas me faire ça.

— Ton mariage ? Tu veux dire la fête clandestine à Séville à laquelle je n'ai même pas été invité ?

— Et comment t'aurais fait pour venir ?

— Si j'avais reçu un faire-part, j'y aurais répondu en déclinant l'invitation, précisant que j'avais autre chose de prévu. Rien que de faire semblant, en vrai, ça m'aurait plu.

Note pour plus tard : envoyer un faux faire-part à Paul pour le distraire un peu. Avec comme adresse de réponse l'adresse du boulot, bien sûr.

Il y avait des parloirs comme ça. Sans ombre, sans passé. Comme un café avec une copine. Ils discutèrent encore un peu et ce fut l'heure de fin. Paul embrassa sa sœur et lui rendit sa montre.

— Tu me l'as prise quand ? Et comment ?

— Un bon magicien ne donne jamais ses trucs.

— Et si je te dénonçais au gardien ?

— J'ai toujours su que tu finirais flic, toi.

— Et toi, voleur ?

Ils se quittèrent en souriant. Toujours se quitter sur un sourire.

Pendant ce parloir, Paul a prononcé huit fois mon nom, j'aime comme il le prononce. Il a des intonations de maman, par moments. Le gardien a regardé trois fois dans ma direction.

Séraphine rentra chez elle, sereine. C'était bon de rire avec Paul. Presque assez pour gagner des points-bonheur, mais le mercredi ne le permettait pas, elle s'était fixé une règle et se devait de la suivre.

14

Séraphine se surprit à penser que Paul pourrait briguer une mutation dans une prison du Sud. Peut-être a-t-il cumulé assez de points pour obtenir les Bouches-du-Rhône ?

Georges ne parla plus d'Aix. Elle se retint plusieurs fois de remettre le sujet sur le tapis. Georges lui aurait demandé si elle voulait y aller et elle aurait dû mentir. Il valait mieux éviter d'en rajouter.

— Alors, Aix ? chuchota Thomas, le fameux soir de la fête surprise organisée par Sofia.

— J'en sais rien, murmura Séraphine, il ne m'en a pas reparlé.

— J'ai mis maman sur le coup, donc…

— Vous parlez de quoi ?

Georges était sorti de nulle part.

— Pas de messes basses sans curé ! sermonna-t-il.

Thomas commença à paniquer. Séraphine géra :

— De la vie sexuelle de tes parents qui est un peu en berne, ces derniers temps…

Et Georges fila aussi discrètement qu'il était venu.

— Tu es bête ! rit Thomas.

— Mais efficace ! Bon, je te laisse, Sofia me fait signe.

Thomas se retourna. Il vit Sofia, près de la cuisine, gainée dans une longue robe corail, s'attarda un peu sur cette poitrine qu'il avait tant aimée…

— Ça va, mon loup ? le coupa Juliette.

— Très bien, et toi ?

— Super ! C'est une jolie soirée.

Et dire qu'ils avaient tous fait semblant d'oublier l'anniversaire de Séraphine. Personne ne l'avait appelée de la journée. Pas un SMS. Rien. Jusqu'au soir. Jusqu'à cette fête. Rien que pour elle. Avec tous ses proches. Les nouveaux, du moins. Elle s'étonna de penser à Jane. Sa meilleure amie d'enfance avec qui elle avait coupé les ponts avant de déménager. Renonçant aux liens avec sa vie d'avant, même les jolis. Dommage collatéral. Elle aurait aimé la voir là, une coupe à la main, ses cheveux crépus, son sourire irrégulier qui savait l'apaiser. De temps en temps, elle regrettait les repères de son enfance. Elle hésitait à recontacter quelques amis puis se souvenait des risques que cela lui aurait fait encourir. Pour chasser les moments de doute, elle s'accrochait à ce qu'elle avait, ici et maintenant. Et son ici et maintenant, ce 18 novembre, jour de ses trente-deux ans, était doux. Agnès au bras de son mari, Georges avec Luz sur les épaules, Thomas collé à sa Juliette, quelques amis triés sur le volet et Sofia resplendissante, micro à la main.

Oh, non, pas ça. Trop tard pour me planquer.

Elle tenta un « Merci à tous d'être là », mais Sofia l'incita vivement à être plus volubile.

— Merci à tous d'être là ce soir, reprit-elle, pour tout vous avouer, je me doutais de quelque chose et, pour vraiment tout vous avouer, j'avais très peur.

Sa réplique eut l'effet escompté, le public gloussa.

— J'avais peur d'être le centre d'attention de la soirée mais finalement, ce n'est pas si désagréable. Allez, je vous laisse profiter des petits-fours et vous remercie, et tout particulièrement Sofia, qui est la meilleure meilleure amie que l'on peut avoir, croyez-moi.

Sofia valida cette affirmation, reprit le micro et lança les hostilités :

— Le buffet est ouvert.

— Ou bleu, dit Luz avant de se mettre à courir en rigolant.

Séraphine s'autorisa quelques minutes de répit, seule dans sa chambre. Elle estima qu'elle avait quatre minutes devant elle avant qu'on ne remarque son absence.

Son oreiller lui parut particulièrement confortable et elle se jura de ne pas s'endormir.

Je crois que j'aimerais bloquer le temps ce soir. Que plus rien ne change, jamais. Que Thomas reste dans l'attente du oui de Juliette, que Sofia me soit toujours aussi dévouée, que Luz reste petite et si câline, que Georges continue de m'aimer comme il le fait, sans se poser de questions et sans m'en poser, que Paul reste comme au dernier parloir, en forme et avec le moral. Bloquer le temps, ici et maintenant.

Elle retourna à la fête qui se finit en musique, en macarons et en rires.

Ce ne fut que quelques jours plus tard qu'elle repensa à son désir de mettre sa vie en pause ce soir-là, que quelques jours plus tard qu'elle se rendit compte à quel point ça aurait été une bonne idée, comme le pressentiment d'un changement brutal et inévitable.

+16 points-bonheur pour la fête d'anniversaire, même si Paul a plafonné les PB à 15 pour que j'arrête de les gaspiller, là, ça vaut le coup de bafouer la règle, je négocierai avec lui mercredi.

+3 points-bonheur pour le dessin de Luz avec plein de cœurs rien que pour moi.

+12 points-bonheur pour le bracelet que m'a offert Agnès.

– 3 points-bonheur pour les chaussons comme cadeau. Ceux crasseux de la prison m'ont appris à vivre pieds nus. Une petite piqûre de rappel de ma double vie en pleine apogée de ma vie normale. Dommage.

+8 points-bonheur pour le Moleskine de la part de Thomas, le cactus de Juliette, une fiole de super gin d'Édouard et un week-end à Séville par mon tendre mari.

15

Séraphine tournicotait sa mèche, deux fois vers l'extérieur, trois fois vers l'intérieur, en déplaçant les colonnes du bilan de Monsieur Kadérat. Quelque chose lui échappait. Les chiffres semblaient danser dans leur coin et ne pas vouloir compléter de façon exacte son tableau. D'expérience, elle savait qu'elle devait leur laisser le temps. Tout rentrait dans l'ordre en quatorze minutes maximum, d'habitude. Deux fois vers l'extérieur, trois fois vers l'intérieur, et on recommence, glissade de colonne, chorégraphie de cases. Elle finit par menacer d'actualiser le fichier, espérant qu'il se décide à arrêter ses sottises. Dans son champ de vision, Jocelyne, cinquante-deux ans, mariée à un joueur de trombone, de poker et de pétanque. Collègue relativement efficace, quoique vite dépassée, bonne exécutante et sans ambition particulière. De temps en temps, Séraphine se surprenait à vouloir du changement, une colocataire de bureau plus jeune, dynamique, entreprenante et drôle. Mais se ravisait. Au moins, elle n'était pas tentée de faire entrer Jocelyne dans sa sphère privée. Trop risqué. Elle, elle savait que Séraphine ne travaillait pas le mercredi.

Entre deux boucles, l'étincelle se produisit, le truc, le dénouement du bilan. Vite, compléter le tableau pour ne pas le laisser glisser. C'est le moment que choisit un numéro masqué pour l'appeler.

— Séraphine Garin ?

— Elle-même.

— Un appel pour vous de la prison, vous acceptez ?

— Passez-le-moi, oui.

Paul annulait le parloir du mercredi suivant. On lui avait proposé une journée de volley, il était désolé mais ça lui faisait vraiment envie. Bien sûr, qu'elle comprenait. Évidemment. À dans quinze jours.

Jocelyne, commère devant l'Éternel, ne perdit pas une miette de la conversation. Un jour, elle en saurait plus sur la seule collègue de la boîte qui ne déballait pas sa vie à la machine à café. Mais, une fois encore, Séraphine ne lui offrit pas de grain à moudre.

Une journée rien qu'à moi ? Que pour moi ! Elle prendrait rendez-vous chez le coiffeur, luxe qu'elle ne s'autorisait que trop peu, en témoignait sa tignasse informe.

Elle opta pour un carré plongeant. Vous êtes sûre ? s'étonna la coiffeuse, ça fait quand même un gros changement. Certaine ! Bientôt c'était Séville et elle voulait du renouveau. Elle imaginait déjà une photo d'elle prise par Georges devant la Giralda, coupe courte, robe fleurie.

Elle fila ensuite s'acheter une nouvelle robe. Manches longues, il faut être optimiste mais quand même raisonnable. Séville offrait toute l'année des températures clémentes mais, début décembre, elle ne se promènerait pas jambes et bras nus. Enfin, elle pourrait toujours, mais aux dépens de ses poumons.

Elle hésita ensuite entre cinéma, manucure et librairie.

Du temps libre !

Un bon Almodóvar ?

Un rose poudré, mains et pieds ?

Elle avait besoin d'un livre pour son week-end en amoureux. D'un ou de deux ? Elle en choisit trois : *C'est jamais perdu*, pensa-t-elle. Un léger, un émouvant et un à sensations. Elle se connaissait, elle les lirait fragmentés, selon le moment de la journée et son humeur. Le matin, elle tendait vers l'émotion, elle appréciait une écriture travaillée, juste après le déjeuner, elle aimait se laisser porter par le récit fluide d'histoires légères, quitte à rire un peu avant de sombrer quelques minutes. Le soir, par contre, elle cherchait des sensations fortes, des sentiments marqués, une ambiance noire qui la guidait vers sa propre nuit.

À la maison, Luz l'accueillit toute guillerette par un « Waouh ! Maman, tes cheveux ! ».

Séraphine prit un air sérieux, caressa le bout de son carré plongeant et fit un tour sur elle-même.

— Vrai que je suis trop belle, hein ?

Georges ne remarqua rien avant le « Tu ne remarques rien ? » de sa femme. Mais Séraphine ne s'en formalisa pas. Elle ne pouvait pas tout avoir. Un mari observant tout, dans son cas, n'aurait pas été d'un grand secours. Georges semblait ne voir que ce qu'elle voulait bien lui montrer d'elle et ça lui convenait grandement. Cependant, il la complimenta, à sa façon :

— Viens donc là…

La force douce de son étreinte ne laissa aucune possibilité à Séraphine de résister, elle n'en avait, à vrai dire, aucune intention.

Sur l'oreiller, Séraphine raconta en détail le week-end en amoureux qu'ils allaient vivre à Séville. Elle aurait pu en inventer la moindre minute. Elle avait déjà l'impression d'y être. Elle aurait aimé savoir dompter la boule d'impatience qui grandissait en elle, mais elle l'entretenait en anticipant le scénario.

— Et s'il pleut ? se tracassa Georges.

— Il ne pleuvra pas, décida-t-elle.

— Si on se dispute ? Si le week-end est gâché ?

— Dis pas ça ! Et puis, c'est impossible, finit-elle de se convaincre. Tu sais bien qu'à Séville l'air est spécial. Je t'ai déjà dit que la légende raconte qu'il aspire la tristesse des cœurs errants ?

— Au moins mille fois.

— Vous en avez pas marre, de me dire que j'radote ?

— Vous ?

Séraphine se souvint de Paul au dernier parloir. Elle venait de s'enrouler dans son propre fil.

— Jocelyne et toi.

Dire que Luz lui reprochait de répéter les mêmes choses aurait été plus judicieux, mais ça ne lui était pas venu sur le coup, tant pis. Georges ne rebondit pas. *Comme une lettre à la poste*, se rassura-t-elle.

Plus que neuf jours avant le départ de l'avion, *dans neuf jours le ciel andalou sera témoin une nouvelle fois de la douceur de mon amour pour mon mari, sur un banc en mosaïque, à la terrasse d'un bistro quelconque, sur le canapé de notre nid d'amour. Séville.*

+ 8 points-bonheur pour la projection du week-end qui a tant fait sourire mon ours.

– 3 points-bonheur pour la robe en 38 trop serrée, il faudra que je limite l'huile d'olive en Andalousie, pfff.

+ 4 points-bonheur pour la coupe parfaite que m'a faite Michèle.

– 2 points-bonheur pour le nouveau dentifrice vanté par ladite Michèle, peut-être naturel mais pas efficace, pas du tout.

+ 2 points-bonheur pour le plaisir de compter des points-bonheur un mercredi.

16

Jocelyne a un amant.

Séraphine mâcha cette phrase cinquante-trois fois sans espoir de la digérer. L'élu : Marc, l'agent de service de l'entreprise.

— Tu comprends, mon mari m'a tellement laissée seule que j'ai fini par réaliser qu'il ne m'était pas si utile que ça.

— Je comprends, enfin, je crois.

— Et Marc est entré dans notre bureau un soir, il m'a regardée timidement et ça m'a suffi. Depuis, les choses sont simples. Enfin, va falloir que j'en touche un mot à mon mari. Quand Marc sera décidé.

Il parut étrange à Séraphine de justifier une liaison par un simple « l'agent d'entretien est entré dans le bureau, et voilà ». Elle pensa que l'argumentaire de Jocelyne mériterait d'être un peu retravaillé avant d'être présenté au cocu concerné. Puis elle se dit qu'elle avait eu du bol, ce soir-là, de ne pas être présente dans ledit bureau. Jocelyne espérait en retour une confession de sa collègue. Chou blanc. Que pouvait-elle lui confier ? Quelque chose sans importance ? Juste pour participer au grand déballage ?

Quand j'étais au lycée, j'ai triché en anglais.

Une fois, j'ai zieuté dans le vestiaire vide des garçons au gymnase.

Non, Jocelyne attendait du croustillant. Sans aucun doute. Tant pis pour elle. Après le monologue de sa collègue, Séraphine se demanda quel serait son intérêt à prendre un amant. Elle aimait séduire et l'être, en retour ou en amont, mais franchir le cap de frotter son corps à une peau inconnue, poser ses lèvres sur une bouche étrangère, découvrir un nouveau petit monde, explorer une nouvelle odeur… Elle en avait déjà ressenti une vague envie, comme un défi, mais certainement pas le besoin.

— Je n'ai jamais trompé Georges, ce n'est pas un jugement quant à tes choix, Jocelyne, c'est juste une confession de ma part.

Tu parles d'une confession, toi. Un non-aveu. Mais ça devrait suffire.

Elle reprit :

— Peut-être juste parce qu'il occupe tout mon panorama. J'ai pas envie d'aller voir ailleurs.

Quand, le lendemain, Séraphine aperçut Marc, derrière la vitre en pleine réunion hebdomadaire, elle rougit. Manquait plus que ça. De ça, elle n'était pourtant pas coupable.

Jérémy du service communication a mordillé huit fois son Bic. Syrielle a regardé trois fois discrètement ou presque par la porte vitrée, au cas où une dispute éclaterait en salle de réu. Peut-être. Jocelyne a décroisé et recroisé treize fois les jambes, laissant entendre que ses mollets mériteraient un nouveau coup de rasoir. Nicolaï le préposé aux négociations a écorné onze pages de son dossier du jour, a ouvert et fermé vingt et une fois son stylo et s'est raclé deux fois la gorge.

Elle raconta la liaison de Jocelyne à Georges, évidemment. Incapable de garder un potin pour elle. Elle lui avoua aussi qu'elle avait rougi.

Lundi 27 novembre & mardi 28 novembre

Le lundi soir, elle avait oublié d'ouvrir son carnet, s'en était rappelé à moitié endormie et s'était dit que, si les points-bonheur du jour étaient importants, elle s'en souviendrait le lendemain.

– 6 points-bonheur parce que Jocelyne m'a avoué tromper son mari et que maintenant j'imagine sa vie sexuelle avec Marc quand je le croise.

+ 3 points-bonheur pour le panier en papier créé par Luz pour sa môman d'amour.

+ 2 points-bonheur parce que je n'ai pas envie de tromper mon époux.

+ 8 points-bonheur parce que Séville arrrrrriiiiiii-vvvvveeeeee.

17

Elle se gara devant la prison et détecta en elle une sensation inhabituelle. Se concentra pour en déterminer les contours. C'était de l'impatience. Comme juste avant sa cérémonie de mariage. L'émotion de l'avant-moment. L'instant banal qui précède le changement. Sans doute parce qu'elle n'avait pas vu son frère depuis quinze jours. Le manque créant l'envie. Enveloppée par ce désir simple, elle effectua ses gestes habituels. Chaussures, ceinture, chaussons, attente.

Elle raconta à Paul l'affaire Jocelyne. Tout. De la moindre confidence au rougissement. Il battait de la jambe et ne relançait pas la conversation.

— Je t'ennuie ?

— Non, non, c'est que…

— C'est que tu t'en fiches, de Jocelyne Brayard ?

— Non, non, c'est que…

— Oui, après tout, c'est comme si je te résumais un épisode de *Plus belle la vie*.

— Hein ? J'ai un truc à te dire…

Paul se leva. Le gardien se redressa, vigilant. Paul se rassit. Il ne savait pas comment se mettre. Il avait imaginé le moment mais rien ne se passait comme dans le film qu'il ressassait depuis des semaines et des semaines. Il ne savait plus son texte ni quoi faire.

— Tu vas bien ? s'inquiéta sa petite sœur.

— Oh oui ! Oh oui, je vais bien, même très bien. J'ai un truc à te dire…

— Ça, tu l'as déjà dit.

— Si tu m'interromps, j'y arriverai pas.

— Bon, bon.

Elle patienta. Le temps qu'il remette les mots en ordre dans sa tête. Il aurait rencontré quelqu'un, en prison ?

— Tu as rencontré quelqu'un ? ne put-elle s'empêcher.

Paul rit.

— Ça ne va pas bien, non ! Non, c'est juste que je sors bientôt.

— Juste que quoi ?

— Je sors bientôt. Ma conditionnelle a été acceptée. Surprise ! Mercredi dernier, je t'ai menti, y avait pas volley, c'était la commission.

Uppercut. Brouillard. Heureusement qu'elle était assise.

Le soir, chez elle, petit corps dans un grand lit, lui remontèrent des flashs. Elle l'avait félicité et embrassé. Il avait dû croire qu'elle était heureuse pour lui, un peu. Elle ne voulait pas savoir si c'était le cas.

De ce parloir elle ne savait plus les mots, les mimiques, les gestes… Lui restait juste la date, une date de sortie définitive : 23 mai 2018.

Elle avait vingt-cinq semaines pour réorganiser sa vie jusqu'alors construite à l'ombre d'un secret bien enfermé à clef. À double tour. Bien au chaud. Loin de son bel appartement lumineux. Dans tout juste vingt-cinq semaines, ils allaient donner un énième coup de clef dans leur journée. Ouvrir la cage. Laisser sortir son frère dont personne ne connaissait l'existence autour d'elle.

Allongée sur le dos, elle se concentra sur sa respiration, masse immobile mais tête en ébullition. Avec cette sensation de paralysie. D'être absorbée par le matelas, d'être minuscule par endroits et géante à d'autres, incapable de bouger pour regarder si les transformations étaient réelles.

Pourvu que Georges ne pose pas de questions.

Il se retourna vers elle, lui caressa l'épaule et ne tarda pas à s'endormir.

Il se mit à ronfler. Elle à pleurer.

18

Jeudi 30 novembre
Lendemain de l'annonce
J-2 avant Séville
Vingt-cinq semaines moins un jour avant...

La moitié de la journée, elle eut l'impression de flotter, de se voir déambuler et de s'écouter parler. Elle se laissa même surprendre par certains de ses gestes.

Entre deux bouchées de sandwich, dont elle ne reconnaissait pas le goût, elle se dit qu'il lui fallait un plan.

Parmi ceux qui lui passaient par la tête, le meilleur lui semblait être de prendre Luz et de partir vivre au fin fond du Brésil.

Aracaju au Brésil compte environ huit cent cinquante mille habitants. Il y a la mer et une Alliance française. Séraphine s'imagina en bikini pastel, sur la plage, regardant Luz jouer avec le sable, loin de tout. Elle serait orpheline, fille unique, au soleil, libre, avec pour seul fil à la patte une chevillère dorée.

Courage, fuyons !

Mais il y avait un problème de taille dans son scénario. Pas le fait qu'elle ne parlait pas un mot de portugais. Pas le fait qu'elle n'aurait aucune ressource pour nourrir sa fille. Non. Le problème était qu'elle aimait son mari. À la folie. Et cet amour la prenait encore plus aux tripes depuis que Paul lui avait annoncé qu'il s'apprêtait à débarquer dans sa vie.

Elle pensa ensuite tout déballer, comme ça, pendant une réunion de famille. Une sorte d'intervention urgente. Avec une banderole, un drap usé sur lequel elle écrirait « J'ai un secret, pardon ». Elle pourrait en rajouter et ensuite minimiser. Ça marchait, souvent. J'ai trois frères, un tueur, un voleur et un dealer. Non, en fait j'en ai qu'un ! Tadam !

Pas sûre que ça fonctionne.

Ou annoncer un chamboulement plus important, son projet de divorcer pour une femme avant de rassurer tout le monde : « Non, j'rigole, j'ai juste un frère caché pas très très net et excessif, parfois. »

Des solutions, elle en trouvait, des plus ou moins raisonnables, des plus ou moins légales. Il lui restait exactement cent soixante-quatorze jours. Pas la peine de s'emballer et d'agir sur un coup de tête.

L'unique décision qu'elle prit en ce lendemain de « Surprise ! » fut de ne pas affronter la chute seule. Elle la voyait déjà, la pichenette de la vérité, celle qui ferait s'effondrer sa vie comme une vulgaire succession de dominos, et elle n'envisageait pas de tout ramasser sans aide.

Pour annoncer à mon entourage que j'ai tapi mon frère depuis tant d'années, que je vais le voir toutes les semaines que Dieu fait en prison, que j'ai patiemment tissé les fils de mon mensonge comme une araignée dingue, que j'ai privé mon mari d'un beau-frère et ma fille d'un oncle, que j'ai menti effrontément à mes amis sur mon enfance, à ma belle-famille sur ma famille, je dois trouver une stratégie et un complice.

Séraphine attrapa un crayon de papier et, à même son bureau, sans vraiment s'en rendre compte, entreprit une liste :

Luz
Georges
Sofia
Thomas
Agnès

+ 1 point-bonheur parce que j'ai fait une liste et que c'est un petit début.

+ 1 point-bonheur parce que j'ai quand même pensé à changer de sexe pour attirer l'attention sur autre chose et que ça m'a fait rire, un court moment.

– 15 points-bonheur parce que c'est le plafond dans le positif comme dans le négatif, ma vie est foutue, Paul veut couper le fil sur lequel je marche, heureuse, en équilibre depuis des années.

– 15 points-bonheur parce que je devrais ressentir du bonheur pour lui et que j'ai juste la nausée de l'imaginer dehors, parce que, au lieu de considérer que c'est mon frère que je vais revoir à l'air libre, j'en ai peur comme d'un terroriste qui me menace.

19

Sofia était là. Thomas et Juliette aussi. Accompagnés d'Agnès, toute pimpante. Luz et, bien sûr, Georges.

Ils formaient une ligne. Face à elle.

Juliette a une dizaine de cheveux qui dépassent de sa couette, derrière l'oreille gauche. J'aimerais les compter. Un compte exact comme une main tendue. Sofia a le vernis de l'index droit qui a un peu sauté. Légèrement. Sur environ deux pour cent de la surface de son ongle. Thomas a mal attaché sa veste. Pierre avec Paul. Comme souvent.

Luz tenait la main de sa grand-mère, pas le moins du monde perturbée par le départ de ses parents à Séville pour deux jours en amoureux.

Peut-être que la vraie solution aurait été de tout leur dire à ce moment-là et de partir seule ? Quitter le pays en les laissant accuser le coup et décider sans elle de son sort futur.

Elle aurait déambulé dans Séville sans réfléchir, les yeux dans la vie des autres et le cœur à côté. Le soir, elle se serait laissé transporter par des rondes métalliques de talons. Elle aurait crié : Olé ! de temps en temps, pour ponctuer. Ou : *Guapa !* que la danseuse l'eût été ou non. Elle aurait récolté les résidus huileux au coin de ses lèvres en souriant presque. Elle aurait recouvert de tomates pressées sa *tostada* du matin, l'aurait fait couler avec un grand café *con leche* et aurait apprécié le plaisir simple de l'ail frais sur celle du soir servie, elle, avec un tempranillo puissant. Un tempranillo qui l'aurait aidée à glisser jusqu'au lendemain matin sans clapotis de pensées.

Trop dangereux. Et s'ils l'avaient bannie pour de vrai ? L'absence amoindrit la réalité de l'autre, on le chasse presque comme un souvenir. Elle ne pouvait pas s'exposer à être expatriée de sa vie.

Le manteau cintré de Sofia était en alpaga. Le trench doublé d'Agnès sûrement en coton. La veste de Thomas en velours, comme toujours. Juliette portait un blouson en cuir, faux bien sûr. Luz avait insisté pour mettre son imper à pois, un peu trop léger, mais si ça lui faisait plaisir.

S'accrocher aux détails évite de prendre en pleine face la lumière crue de la vraie vie.

Ces gens qui sont venus pour me faire une haie d'au revoir, ces gens qui sont mes amis ne me connaissent pas.

Georges attrapa sa femme, la fit tourner dans ses bras, d'un baiser appuyé stoppa la ronde de ses pensées obscures et l'emmena vers la sécurité de l'aéroport.

Dissiper le voile.

Georges, c'est lui, ma clef, se dit-elle en montant dans l'avion.

Je vais tout dire à Georges et il m'aidera à diffuser l'information.

Mon partenaire de vie. Mon complice. Pour le meilleur et pour le pire.

Et elle se sentit tout à coup légère.

20

— Pourquoi t'es ronchon ? demanda Georges à sa femme en descendant de l'avion.

— On sort pas au même endroit que d'habitude. Normalement, on suit la ligne jaune de l'autre côté, là-bas, on entre par des portes tournantes et on va tout au fond de l'aéroport. C'est plus long mais ces dizaines de mètres me permettent de réaliser que je suis bien là. J'aime pas quand ça change !

— Moi, j'ai envie de changement, en ce moment.

— Ah…

Tu ne vas pas être déçu.

Quand elle trempa ses lèvres dans la première Cruzcampo du week-end, Séraphine se sentit andalouse. Quand Georges suçota la première olive du séjour, bizarrement, elle ne pensa pas à la Provence, elle savoura juste l'instant.

Aquí y ahora.

Ils déposèrent leurs sacs dans l'appartement qu'ils louaient toujours. Près de la place magique. Celle des vrais Sévillans, celle des bars, des petits restos inconnus des touristes, des jeux pour enfants et des jets d'eau. Une terrasse sur le toit et une piscine coiffaient l'appartement. Même si la météo ne leur permit pas de se baigner, la vue de l'eau créa une ambiance de vacances. Le samedi fila comme une minute. Douce, chaleureuse. Ils déambulèrent dans cette ville qu'ils connaissaient par cœur mais qui les surprenait chaque fois. *Séville est comme le corps de Georges*, pensa Séraphine, *je la connais mais je la découvre toujours.*

Un *arroz* mariné aux gambas, deux verres de trop, une vue sur le Guadalquivir en retrait de la foule, le soleil qui se couche sur l'ocre de la ville. Le bon moment.

— Georges ?

— Séraphine ?

— Je dois t'avouer quelque chose.

Un pas dans le vide.

— *Aquí tiene su nueva copa de vino, un ribera, espero que le guste, señora.*

L'interruption du serveur fit bien des dégâts dans l'esprit de la jeune femme. Une brèche de quelques secondes. Un croche-patte à sa volonté. Elle se sentit tout à coup idiote de penser que Georges la soutiendrait. Il avait toujours été un mari compréhensif. Elle pouvait produire une liste à rallonge des occasions où il l'avait été. Pendant la grossesse, par exemple, il avait supporté ses caprices sans broncher, dos rond. À l'écoute, aidant, aimant et digne de confiance. Mais il y avait quelque chose chez Georges qui était immuable, ses principes. Il s'y accrocherait comme à une branche en plein naufrage. Et rien ni personne ne l'en ferait démordre. Parmi eux, il y avait le cadre à donner à leur fille (horaires, alimentation, politesse), la fidélité (ce qui arrangeait Séraphine) et l'honnêteté. La base de son tout.

Il pouvait accueillir, sans filtre, ses émotions de femme, d'épouse et de mère, supporter ses monologues sur ses collègues mais aussi se fermer d'un coup en apprenant que, depuis des années, elle lui mentait, chaque semaine.

Il lui répondrait un « Allez, tu te moques, là ? ».

Et quand elle lui avouerait que non, là, c'était son seul moment de vérité brute en plus d'une décennie, il partirait. N'oubliant pas de prononcer, comme il l'avait fait une fois, un simple mais irréversible « Tu m'as déçu ».

Elle avait supporté la violence de son père, la tristesse de sa mère, la mort des deux, pas de la même façon, mais surmontée quand même, mais elle se savait incapable de gérer la déception de son mari.

Qui était-elle pour gâcher ce paysage envoûtant, cet orange entêtant, ce ribera qui s'annonçait charnu et réconfortant ?

— Un jour, j'ai triché en cours d'anglais. J'ai regardé dans le dictionnaire.

— Tu as fait ça ?

— Juste un mot.

Et le week-end passa ainsi. En promenades dans la ville, en ruelles débouchant sur des fontaines et en pauses boutique, boisson ou resto. Trente-deux fois elle envisagea de lâcher le morceau. Trente et une fois elle abandonna rapidement.

À la dernière tentative, elle avait bien avancé. Avait changé d'avis, avait enfilé son manteau de courage. Et s'il existait une petite chance pour que Georges ne réagisse pas comme elle l'avait projeté ? *Maintenant ou jamais*, se répétait-elle. Elle raconta des bribes de son enfance, sans Paul pour l'instant, insistant sur la brutalité de son père, sur son côté double et déstabilisant pour une petite fille. Elle se dit qu'une introduction détaillée pourrait être la clef, que Georges aimait comprendre et qu'amener les choses par touches de couleur lui offrirait un tableau global de la situation. Qu'il comprendrait mieux la place des non-dits dans sa famille et aussi ce qu'avait fait Paul. Peut-être accepterait-il plus facilement son beau-frère taulard, en comprenant.

Elle avait déjà un pied dans la case du dénouement quand son portable sonna.

Agnès.

— C'est ta mère, je dois répondre, regretta-t-elle.

La conversation ne dura pas longtemps. Georges ne s'imagina rien. Il en attendit patiemment le résumé. Quand le sang de Séraphine, à l'écoute des bribes de discussion, n'aurait fait qu'un tour.

— C'est Luz. Elle est tombée. Sur la tête. Elle saigne du nez. Elles vont aux urgences.

— Merde.

— Comme tu dis.

Georges arrêta de faire tourner la paille dans son cocktail mais ne montra aucun autre signe de panique. Séraphine avait chaud, d'un coup, très chaud. Leur voisin de droite ne cessait de tapoter sa cuillère contre la table en verre. Sa femme reniflait. Les serveurs criaient dans le fond du bar. La barmaid secouait son shaker plein de glaçons. La machine à glace pilée mixait. Un chien, au loin, aboya furtivement. Et tous ces bruits se mélangeaient, se répétaient, se répondaient…

— Elle a vomi ? demanda Georges.

— Quoi ?

— Est-ce qu'elle a vomi ?

— Euh… je ne sais pas. Je rappelle.

Non, Luz n'avait pas vomi. Elles étaient déjà aux urgences. Agnès ne manquerait pas de les tenir au courant, dès que possible.

Georges pensa de nouveau que, quand on ne s'inquiète pas, on n'existe pas vraiment. Ces deux heures d'attente, il eut pleinement l'impression d'exister.

21

Séraphine sauta dans les bras de sa fille à l'aéroport. On aurait pu croire qu'elles ne s'étaient pas vues depuis deux mois.

— Tu as fait peur à maman, mon bébé.

— Pardon.

— Oh, non, ne t'excuse pas. C'est pas ta faute. Ça va ?

Elle ébouriffa vigoureusement les cheveux de la petite.

— Oui ! Avec mamie on a fait plein de bêtises, je raconte ?

Et Séraphine s'isola avec Luz. Agnès attendait le bisou de sa belle-fille. Georges d'embrasser sa fille. Mais ils savaient que leur tour viendrait. Un truc de Garin, la patience, aurait commenté Thomas.

— Alors, ce week-end, mon grand ? interrogea Agnès.

— Très bien. Très très bien.

En prononçant ces mots, Georges réalisa que ce n'était pas tout à fait exact. C'était bien, mais un petit quelque chose le chiffonnait. Impossible de savoir quoi. Séraphine avait eu un comportement étrange par moments. *À suivre,* pensa-t-il.

– 10 points-bonheur pour la peur causée par Luz, mais pas plus parce qu'elle va bien, ma louloute.

+ 4 points-bonheur pour la beauté du Guadalquivir.

+ 5 points-bonheur pour le petit resto qu'on a retrouvé par hasard et dans lequel on s'est régalés, notamment avec le foie gras marbré.

– 8 points-bonheur parce que je n'ai pas réussi à faire l'amour avec Georges, comme si j'étais une autre depuis l'annonce de sortie, et je ne veux pas qu'il fasse l'amour avec une autre, c'est stupide.

– 5 points-bonheur parce que je n'ai pas eu le courage de lui dire complètement les choses et que finalement je ne l'aurai pas.

22

La Légion étrangère offre une nouvelle identité à ses recrues. Même une nouvelle nationalité. Elle se demanda un instant quel serait son nom si elle s'engageait, son nouveau pays d'origine, le passé qu'ils lui choisiraient et qu'elle devrait raconter. Son histoire à taire, elle la connaissait. Elle pourrait être belge ou suisse ? Elle maîtrisait mieux l'accent belge.

Elle épluchait les infos sur Internet. *S'engager dans la Légion s'avère un peu extrême, j'en conviens, mais c'est, au moins, une solution radicale. Et irréversible.* Et plus elle se renseignait, plus l'option *reset* de son passé et écriture d'un avenir neutre l'attirait.

Depuis quelques années, la Légion était ouverte aux femmes. Elle devrait travailler le côté sportif, par contre. Sans doute. Elle ne connaissait pas exactement les modalités de recrutement ni les critères de sélection.

Elle s'imaginait remplir un formulaire en ligne :

Noms et prénoms à effacer : Garin Séraphine
Âge : moins de 40 ans
Compétences : comptabilité, cuisine, ménage…

Ce qui aurait vraiment pu la convaincre, sur le moment, si elle occultait la réalité, le fait de perdre son travail, le fait de ne plus jamais revoir l'amour de sa vie, le fait de faire de Luz une orpheline de mère, sans autre explication qu'une disparition soudaine, c'était que le vert lui allait bien. Au teint. C'est sa mère qui le lui disait. Et pas parce qu'elle pensait que tout lui allait, parce qu'elle était sa fille. Elle la détestait en jaune, par exemple, ou en blanc, l'hiver. Et elle avait plutôt raison, *pour le vert*, pensa Séraphine en s'observant dans le miroir en pied de sa chambre. Devant elle se tenait une jeune femme, légère ride du lion. Sur le reste du visage, le temps avait plutôt glissé sans marquer son territoire. Elle avait slalomé entre les ridules comme d'autres couraient entre les gouttes. Comme si elle ne vivait pas pour de vrai. Elle portait une veste kaki et un pantalon noir, à poches. Neuf poches entre la veste et le pantalon. Douze, si elle ajoutait un sac à main. Derrière elle, un lit parfaitement fait, couette lissée, draps invisibles, oreillers tapotés. Seule la table de chevet de Georges jurait. Elle s'était retenue déjà sept fois depuis le réveil de la remettre en ordre mais elle savait qu'il n'aimait pas ça. Qu'il lui dirait : « Oh, mais j'aurais pu le faire. »

Au moins, à la Légion, la discipline serait imposée et pas question d'y échapper. Puis elle se ressaisit. S'engager dans la Légion était évidemment aussi absurde qu'impossible. Son unique option était de semer des indices pour que Georges, au moment de l'annonce complète, comprenne le mieux possible le geste de Paul et ses conséquences. Il comprendrait alors qu'elle avait lutté, guerrière silencieuse, contre les démons que l'on dit héréditaires. Mais pour braver l'étendard d'honnêteté de son mari, pour le rattraper au vol s'il commençait à se braquer, il lui fallait un complice. Elle reprit le cours de sa liste.

Thomas.

Restaurant habituel. Plus que vingt-trois semaines avant la sortie.

— J'ai deux choses importantes à te dire, annonça Séraphine juste après que la serveuse eut déposé sur leur table les deux cervelles de canut.

— T'es enceinte de jumeaux ? tenta Thomas.

— Oh, non, pas ça !

Séraphine avait décidé de convoquer Thomas deux semaines plus tôt pour lui proposer le rôle de partenaire de crime. Même si elle connaissait la propension de son beau-frère à révéler les secrets. Elle avait pesé le pour et le contre et Thomas était quelqu'un d'intelligent, de bienveillant et, en tant que parrain de Luz, il se devait de trouver avec elle des solutions pour sauver son couple et donc son noyau familial.

— Georges a abandonné le projet d'aller vivre à Aix, commença-t-elle.

— Alors ça, c'est une sacrée nouvelle ! T'es heureuse ?

— Heureuse ? répéta-t-elle. Heureuse… Heureuse ?

Séraphine se sentit idiote, tout à coup. Mièvre. Thomas parlait d'Aix, pas de sa vie en général.

— Ça va, Sé ?

— Pas sûre.

Thomas, perturbé par l'attitude de sa belle-sœur, lui raconta un potin de famille, l'oncle Gilbert qui avait fini dans un rond-point, indemne de l'accident, mais pas de son retour à la maison et de l'accueil de sa bonne femme, pas commode. Séraphine rit en surface mais ce fut suffisant. Thomas ne gratta pas. *Décidément, c'est de famille, de ne pas poser de questions ?* Il raconta l'avancement de son projet de demande en mariage. Sa belle-sœur l'écoutait, en apparence. Ça faisait à peine cent vingt-huit fois qu'elle se répétait : *Heureuse ?* quand on leur servit le dessert. Brioche crème de marrons. *Bon, quitte à être bientôt bannie de la planète des gens honnêtes, quitte à me retrouver, sous peu, seule sur ma paillasse de menteuse, autant me faire un peu plaisir.*

— T'avais pas un deuxième truc à me dire, au fait ?

Ah, enfin une question. Une brèche. Une ouverture.

Séraphine, qui venait de ranger sa carte bancaire dans son étui en cuir, enfila son trench, fit tranquillement vingt-huit pas en direction de la sortie du bistro, sans se retourner une seule fois, sans répondre à Thomas, poursuivit son trajet de quatre-vingt-quinze pas jusqu'à l'arrêt de bus, s'installa sur le premier siège, celui juste derrière le conducteur, son favori, rangea soigneusement son étui dans son sac à main, se concentra sur les voitures bleues en ne prenant pas la peine de compter ou d'essuyer les larmes qui coulaient toutes seules.

+ 10 points-bonheur : me rendre compte à quel point Georges m'est important, réaliser ma chance d'avoir si peur de le perdre.

+ 2 points-bonheur pour la coccinelle qui s'est posée sur ma main dans le bus.

– 5 points-bonheur pour avoir fui Thomas comme une ado fuit un mec après lui avoir proposé de sortir avec elle.

+ 1 point-bonheur pour les bêtises de Gilbert qui n'en rate pas une !

23

Sorriso. Fin fond du Brésil. Dans les terres. Seulement soixante-dix-sept mille sept cent trente-cinq habitants. Densité de population huit virgule trois habitants au kilomètre carré.

Elle se projeta un moment, souriante, puis renonça à l'achat d'une ferme à l'autre bout du monde et d'un poney pour Luz.

Avant d'aller au travail, elle valida une grille de Loto. Avec un peu de chance, elle gagnerait le gros lot et elle annoncerait les millions à Georges, pile le jour de la sortie de Paul. Elle verrait bien quelle information il retiendrait.

24

Une saute d'humeur se caractérise par un changement extrêmement rapide de comportement et d'émotions.

Ça s'était insinué petit à petit. Elle fluctuait. Au départ, elle vivait des jours tristes, zombiesques, presque. Des jours sans. Puis une courte période d'euphorie. Elle flirtait énergiquement avec le déni. *Un frère, moi ? Pfiou, mais non. Une ombre ? Certainement pas.* Elle chevauchait Georges au réveil alors que la veille au soir elle avait repoussé la moindre caresse. Certains matins, elle traînait tant que Luz devait la presser pour ne pas arriver en retard à l'école. Et d'autres, la petite trouvait sa mère pomponnée, très élégante et dansante dans la cuisine, prête avant l'heure. Certains jours, Séraphine écoutait BFM TV en boucle et d'autres une radio de samba. Elle alternait les phases. Mais les périodes de transition étaient de plus en plus courtes, ramassées. Comme si un doigt invisible enfonçait, au hasard, les boutons d'émotions programmées. Sourire, angoisse, rire franc, glissade nerveuse, émerveillement enfantin, panique d'adulte.

Et le jeudi, c'était pire. Elle avait consacré toute sa réserve d'énergie au parloir du mercredi, à cette fausse projection dans une réalité que Paul imaginait, mais qui n'existait pas. Pour personne. Elle inventait, s'embourbait parfois, mais ça passait. Bien assis, en tailleur, sur son nuage, Paul comptait les jours, les semaines.

Comme sa sœur.

Tout pareil.

Ou presque.

25

31 décembre 2017
Bientôt S–20

— Vingt semaines et trois jours, murmura-t-elle en se faisant un thé.

— Quoi ? l'interrogea Georges.

— Non, rien, mon amour.

Georges venait de finir de boutonner son costume de réveillon. Il portait tous les ans le même. Séraphine n'avait encore aucune idée de la robe qu'elle choisirait. Pas la tête à ça. Elle enfila un sourire et dit à son amoureux à quel point il était élégant, sincèrement, se sentit-elle obligée d'ajouter.

Ils étaient invités chez Sofia.

— Ma chérie, tu vas t'éclater ! Que du beau monde. Mets-moi donc un peu d'anticernes, t'as une mine !

Sofia avait le mérite d'être honnête. Pas toujours agréable, mais honnête. Et elle avait raison. Séraphine avait le dessous des yeux gonflés, noircis d'inquiétude.

« T'as une sale gueule », lui aurait dit son père. Compliment à retourner à l'envoyeur. Depuis quelque temps, des réflexions paternelles s'ajoutaient aux adages maternels et prenaient de plus en plus de place dans la tête de Séraphine. Comme s'il en restait.

Des vapeurs d'enfance.

Au travail, c'était la catastrophe. Elle oubliait des lignes, des chiffres, de petits chiffres qui semaient la pagaille. Les tiroirs de son bureau recrachaient de la paperasse mal triée. Jocelyne s'inquiétait. Gratte-laisselle avait tenté une approche inquisitrice, gros sabots, déni, fin de la discussion.

Et il y avait le sommeil, aussi. En dents de scie. Des nuits d'une traite. Et d'autres… même sous médication, très agitées. Des cauchemars à n'en plus finir, d'un réalisme effrayant.

Georges avait de plus en plus de mal à ne pas se poser de questions mais il y parvenait encore.

Elle avait eu envie d'une robe longue. D'un coup. Quand la majorité de l'assemblée jouerait à la robe la plus courte, au corps le plus affûté, elle rêvait de fluidité.

Et elle fit de l'effet. Juste échancrée sur les côtés, effet blousant sous la poitrine. Un bleu profond uni et des fils cuivrés soulignant la coupe.

Séraphine brilla. Intrigante, séductrice, envoûtante. Elle se montra spirituelle, drôle, bourgeoise, simple, décalée. Elle joua naturellement de nombreux rôles.

Se créaient, autour d'elle, de petits attroupements éphémères qui s'éparpillaient juste après la dernière réplique.

Georges, coupette à la main, écoutait d'une oreille distraite le nouveau compagnon de Sofia, qui ne finirait pas l'année, et observait sa femme. Séraphine. Son épouse. Son amour de jeune homme. La mère de son premier enfant. Et pourquoi pas des suivants ? Il chassa le doute par une longue gorgée de champagne.

Combien aurait-il donné pour ramener chez lui cette femme-là ? Celle qui virevoltait d'invité en invité, suscitant curiosité, jalousie peut-être, envie sans doute. Depuis des semaines, elle lui échappait. Plus que d'habitude. Il ne maîtrisait plus le voile. Il ne maîtrisait plus grand-chose, d'ailleurs. Il se laissait entraîner, passif, dans le tourbillon silencieux qu'elle créait autour d'eux. Tantôt assailli par ses caresses, tantôt repoussé. Parfois emporté dans une discussion enflammée, parfois seul face à un mur s'effritant en monosyllabes. Il ne dominait même plus ses émotions. Le mercredi précédent, il s'était surpris à regarder Anna, la toute jeune babysitter, différemment. Comme une femme. Comme un corps potentiellement désirable. Il avait apprécié l'instant et détesté le suivant, celui de la culpabilité.

Il hésita à presser le pas vers sa femme, à l'extirper de l'immense salon de Sofia, à l'emmener à l'écart dans l'appartement ou plus loin, loin de tout. Il lui aurait dit : « Peu importe ce que tu traverses, je suis là. »

Ou : « Reste comme ça, ne bouge plus, ne pense plus à rien, reste enivrante, séduis-moi, intrigue-moi, emporte-moi, avec toi. »

Mais Séraphine quitta le salon pour le balcon, avec un homme.

26

— Et vous élucidez tous les meurtres ? demanda-t-elle à Claude, inspecteur de police à la crim, meilleur ami du nouveau mec de Sofia.

— Presque.

— Non, mais en pourcentage, ça représente quoi ?

— Vous êtes bien curieuse. Non, on ne résout pas tout, certains sont bien maquillés, d'autres ne nous offrent pas de piste. Faut pas croire. Les empreintes, tout ça, c'est dans *Les Experts*.

— Ah… relança-t-elle.

— Bah oui, les gens sont naïfs. Pour relever une empreinte valable, il faut que la surface le permette, qu'elle soit relativement propre, libre des traces précédentes… et puis, quand bien même, on chope un joli pouce bien net, il faut que le tueur…

— Ou la tueuse, l'interrompit-elle.

— Ou la tueuse, oui, soit répertorié dans nos fichiers. Et c'est loin d'être le cas de Monsieur et Madame Tout-le-monde.

Ou de Madame Garin, pensa Séraphine.

Claude se révéla de bonne compagnie. Et peu respectueux du secret professionnel. Séraphine en connaissait désormais un rayon sur les techniques de dissimulation de crime ou sur les conditions de non-résolution de meurtres.

Ça peut toujours servir.

Elle poussa l'interrogatoire jusqu'à ce que Georges débarque sur le balcon étroit.

— Excusez-moi, je vous l'emprunte, dit-il à Claude.

— Mais faites donc, faites donc.

Séraphine se laissa entraîner à l'intérieur par son mari qui lui agrippa la taille et l'embarqua dans un slow langoureux, silencieux.

Elle l'observa, il fermait les yeux, elle le rejoignit dans l'obscurité musicale.

Puis ce fut le moment tant attendu.

« Bonne année ! » par-ci, « Bonne année ! » par-là.

Au loin retentit un feu d'artifice. Sofia ouvrit une bouteille de champagne, faisant écho aux trois bouchons qui avaient sauté juste avant dans un fracas festif. On se laissa bercer par les bruits de bises, les mains frôlant les épaules dénudées, les danses de talons fatigués, les bonnes résolutions prises en riant. Et la musique qui accéléra.

Ici et maintenant.

+ 8 points-bonheur parce que c'est bon de voir Paul heureux, malgré tout ce que cela implique. Mercredi, il avait son regard de gamin.

+ 4 points-bonheur parce que Georges porte toujours le même costume pour le réveillon et jamais pour une autre occasion. Ses habitudes, mon pilier.

– 3 points-bonheur pour les questions à la con de Grattelaisselle sur mon état qui l'inquiète, de quoi j'me mêle ?

+ 2 points-bonheur pour les infos fournies par Claude, l'inspecteur.

+ 4 points-bonheur pour la blouse immonde achetée au magasin de dégriffés par Jocelyne, fière.

27

— Bonjour, je m'appelle Séraphine, et vous ?

Pas de réponse. Séraphine ne se formalisa pas.

— Vous faites quoi dans la vie ?

Silence radio.

— Moi, je suis gardienne d'île paradisiaque. Je suis en métropole depuis quelques jours et je ne vais pas tarder à repartir pour ne pas altérer mon bronzage. C'est un travail de chaque instant. Je nourris ma peau, je la protège mais sans la priver de ce teint de sirène. Ce serait dommage, non ?

Toujours aucune réaction.

— Vous aimeriez savoir comment j'ai trouvé ce job et en quoi il consiste… Je cherchais une solution à un problème perso dans le journal, pourquoi pas, la résolution de certaines affaires d'envergure a émergé d'un détail. Donc, je lisais le journal et j'ai répondu à une petite annonce. Et voilà que je fais le meilleur job du monde ! Je vis dans une villa à tomber au pied d'une montagne se jetant à pic dans une mer transparente. Et je suis payée pour garder l'île. Le bonheur.

C'est ce que disait l'offre d'emploi que Séraphine décortiquait en même temps que les crevettes pour le repas du soir. Elle avait posé devant elle, contre un verre de cantine, un de ceux qui vous disent votre âge au risque que vous le renversiez pour le découvrir, une crevette, la plus charnue, la plus rougeâtre aussi. Et elle lui faisait la conversation tout en pensant à ce qu'elle allait écrire pour compléter le formulaire de candidature.

Je soussignée Séraphine Garin postule à l'offre d'emploi du « meilleur job du monde » consistant en la mission de protection et vigilance d'une île paradisiaque. Je vous assure de mes compétences pour prendre soin de votre île et de ma capacité à gérer la solitude, surtout en ce moment. En retour, je n'aurai qu'une exigence, que mon nom, une fois le poste obtenu, ne soit pas rendu public et que personne n'ait l'information de ma localisation.

Elle se demanda alors si elle pouvait se permettre de poser des conditions. Ils seraient des milliers à répondre à cette offre alléchante. Bien plus que pour scanner des articles miteux dans un supermarché discount où, déjà, les places sont chères. *Triste monde*, pensa-t-elle. Alors, pour un job comme celui-là, pour s'installer dans un endroit magique, dans un pays qui fait rêver les bétonneux comme elle, dans un pays vierge de tout ce qu'elle aimait mais reprochait en même temps à la ville… elle en connaissait qui abandonneraient femme et enfants pour une pause salée, humide et luxuriante. Garder une île, entretenir une maison luxueuse, maintenir en état la piscine, nourrir les animaux, les protéger, parler avec les tortues, apprendre le nom des oiseaux, signaler par radio les problèmes pour programmer l'intervention de toute une équipe à sa disposition, vétérinaires, jardiniers, spécialistes en tout genre. Masseurs ? Coiffeurs ? Quoique peu lui importait. Avoir les cheveux en friche, attaqués par le sel et le soleil. Avoir les ongles nus et les cils qui dégorgent.

— Oh, oui, dit-elle à sa crevette, je me vois bien les pieds dans l'eau limpide, dégustant du poisson grillé, seule, loin, isolée sur mon île. Tu t'en fiches, que je mange du poisson, hein, que je te le raconte, une crevette et un poisson, ce n'est pas cousins, si ? Le vent marin chasserait les pensées poussiéreuses, le sel nettoierait ma peau des traces qu'elle porte contre son gré, la puissance du soleil effacerait les images sombres d'un autre temps, d'un bout du monde dans lequel je me débats maintenant et qui me semblera dérisoire.

Sa nouvelle amie, la crevette, ne réagit toujours pas. Séraphine s'y attendait, mais, tout de même, un léger mouvement d'antennes, un assentiment… Elle pensa à la baptiser Yvette la crevette, mais il était temps pour elle de rejoindre les autres dans le bol des prêtes à être mangées. Séraphine s'excusa platement, la décortiqua et alla compléter sa candidature.

Pour lui rendre hommage, elle prépara une bonne mayo. Une tête d'ail. Une cuillère à soupe de moutarde. Une pincée et demie de sel. Une de poivre blanc. Vingt-sept centilitres d'huile de tournesol. Deux centilitres d'huile d'olive. Un filet de jus de citron vert. Trente-cinq secondes de bras mixeur.

28

Samedi 13 janvier 2018
à cheval entre S-18 et S-19

— Et d'Aymeric, tu t'en souviens ?

Sofia repensait à son ex.

— Oh, que oui. Le pauvre, tu l'as pas loupé, celui-là non plus.

— Pas loupé, comment ça ?

Elle parut réellement étonnée.

— Le jour de l'an de la honte ? Celui où tu lui as fait croire qu'on devait tous se déguiser…

— Ah, merde, j'avais zappé ça…

— Bah, pas lui, je crois.

Et les deux amies rirent. Séraphine se dit qu'elle n'avait pas ri depuis longtemps, vraiment ri. C'était la chaleur du jacuzzi, ça devait dilater son angoisse. Peut-être. Elle remercia la nouvelle conquête de Sofia de lui avoir offert un après-midi détente à deux pour Noël.

— Tu penses le garder, celui-là ? Le boucher ?

— J'en sais rien. Je ne prévois jamais. Ça arrive subitement. Je me réveille et j'en ai marre. C'est comme avec mes robes. Les basiques. Je suis persuadée que je les porterais toute la vie, aucune raison de m'en lasser, et pourtant, un matin, elles ne me disent plus rien.

Séraphine choisit de ne pas répondre. Elle adorait Sofia mais elles avaient des visions plutôt différentes des relations humaines.

— Et Luz, ça va ?

— Très bien, pour l'instant.

— Pour l'instant ?

Oui, tant que sa famille n'a pas éclatée et sa confiance en la figure maternelle que je représente non plus.

— Oh, tu sais, on ne sait jamais, la maternelle se passe bien, elle est encore câline, mais après il y a la primaire, les histoires de copines…

— L'adolescence, les mecs…

— Arrête ! Et t'avise surtout pas de dire ça devant Georges, dit Séraphine d'un ton agressif.

C'était assez fréquent, ces derniers temps. Elle se surprenait elle-même.

Sofia ne releva pas. Thomas l'avait appelée quelques jours plus tôt. Il avait insisté pour qu'elle sorte Sé. Sofia avait menti. Son nouveau mec, le boucher, n'aurait jamais pensé à lui offrir un après-midi pour deux au spa. À Noël, il lui avait offert un parfum minable, assez cher mais d'un commun… Il avait tenté de bien faire, c'est pour ça qu'elle ne l'avait pas encore congédié. Il tombait souvent à côté mais il essayait, et c'était déjà plus que la plupart des précédents. Et puis au lit… Elle se demanda si tous les bouchers étaient si virils. Peut-être que ça avait à voir avec leur rapport à la viande, à la chair…

Thomas avait raconté à Sofia comment Sé était partie du resto sans dire au revoir, qu'il avait eu l'impression qu'elle essayait de lui dire quelque chose, que, depuis, elle filtrait ses appels et qu'à Noël, pendant le repas, elle avait à peine ouvert la bouche. Pas beaucoup plus le lendemain du réveillon non plus. Bien sûr, il n'avait pas fait part de ses doutes à son frère, imagine, toi, que ce soit une histoire d'adultère. On ne sait jamais, on ne connaît pas les gens !

— Je crois que leur couple va bien, mais, comme dirait l'autre, on n'est pas dans le melon.

— Je m'en charge, avait conclu Sofia.

— Il a des qualités, le boucher, tu sais, reprit Sofia.

— Ah oui ? Il est gentil ?

— Oui, oui, enfin, je pensais plus à… son rapport à la chair…

— Non, mais toi…

— Quoi ? Tu me connais… si je ne prends pas mon pied… Bref, je vais le tester encore un peu et, sait-on jamais, pourraient naître des sentiments d'amouuuuuuuuurr, comme entre Georgie et toi.

— Tu l'appelles Georgie, maintenant ? se renfrogna Sé.

— T'es jalouse, toi, maintenant ? … T'as des doutes sur Georges ? … Il te trompe ?

— Certainement pas !

Sofia, faute d'avoir trouvé le fond du problème de sa copine, avait évincé une théorie.

— C'est toi, alors ? T'as un amant ?

— Moi ? Mais pourquoi tu dis ça ?

— Parce que tu racontes jamais rien, aussi. Moi, je te raconte ma vie, en long, en large et en travers, de haut en bas, de mes émotions à mes… aventures et, toi, tu restes secrète… Ou c'est peut-être parce que tu n'as plus rien à raconter…

Plus rien à raconter… Pour ça…

— T'inquiète pas pour moi, va, c'est juste que ça nous regarde, c'est tout !

— Tu sais, si c'est le calme plat, il y a des solutions pour relancer la machine…

— Bon, tu m'emmerdes, là !

Sofia n'en revint pas. Séraphine vulgaire. Et haussant le ton. Pour une petite question.

— Quelque chose ne va pas, Sé ?

— Tout va bien, sanglota-t-elle. Tout va bien. Je t'en supplie, arrête de me poser des questions… Juste, arrête.

Séraphine sortit du jacuzzi pour prendre une douche, histoire de se remettre. Elle se trouva pathétique. Pas plus, pas moins. Elle qui pensait convoquer Sofia la semaine suivante pour lui parler de Paul ! Profitant de l'eau chaude qui coulait, elle imagina soudain leur rencontre. Puis les vit tomber amoureux. Amoureux fous. Rien que l'image la fit rire, rire, rire si fort que Sofia l'entendit depuis le bain à remous et commença à réellement baliser.

Elles quittèrent l'espace de relaxation vers 19 heures, le temps d'aller rejoindre les garçons et Luz chez Sofia pour le dîner. Luz avait monté les brochettes de mozzarella toute seule. Séraphine prit sa fille dans ses bras et se réfugia sur le canapé pour une pause câlin qui dura si longtemps que tout le monde en fut un peu mal à l'aise, Luz la première. Elle n'osa pas s'extirper des bras maternels.

Je dois la lâcher, je dois la lâcher, je ne veux pas. Elle sent mon bébé. Cette odeur pourrait me sauver de tout, de tout. Encore.

De plus en plus, Séraphine se surprenait à coller Luz. À trop coller Luz.

— Apéro ! tenta Sofia pour attirer son attention.

— Apéro ! cria Séraphine en retour, la voix un peu éraillée.

Le dîner fut agréable, simple mais sympa, un dîner chez une meilleure amie, en somme. Vincent, le boucher, prononça trente-quatre fois le mot « viande », dix-huit fois le mot « crochet », Georges sept fois seulement le mot « commerce ». Séraphine plaça « chamboule-tout » et « perroquet ». Exploits discrets validés par Luz qui cochait des cases dans son petit carnet, un peu à l'écart de la table mais les oreilles traînant efficacement.

— Et les os ? T'en fais quoi, des os ? enquêta Séraphine auprès de Vincent.

— Comment ça ?

— Tu les dissous à l'acide ou je ne sais pas…

— Pourquoi tu voudrais qu'on fasse ça ?

— Bah, j'en sais rien, moi, la chair, c'est facile à faire disparaître, mais les os… et les dents…

— Tu devrais arrêter Netflix, plaisanta Georges, faussement enclin à rire.

Les convives finirent leur plat, abordant d'autres sujets. Sofia entreprit de débarrasser et demanda de l'aide à Georges.

— Dis, elle est bizarre, Sé, non ? amorça Sofia, seule dans la cuisine avec Georges.

— Un peu, minimisa-t-il.

— Un peu ? Tu déconnes ! Aujourd'hui, elle m'a filé la chair de poule. Nan mais, c'est vrai, elle déraille, là.

Georges ne souhaita pas s'étendre sur le sujet. Il aurait dû se sentir moins seul rejoint dans son inquiétude par Sofia, en être soulagé, mais il paniqua. Ce qu'il tentait d'étouffer était donc réel. Séraphine était bizarre. Il se dit qu'il devrait lui parler. Lui poser des questions.

Mais il ne posait jamais de questions parce que souvent il n'aimait pas les réponses.

+ 5 points-bonheur pour le spa avec Sofia, j'aurais mis 10 mais j'ai craqué, ses questions étaient pesantes, aussi.

– 6 points-bonheur pour son abruti de mec qui ne sait même pas répondre à une question sur des os !

+ 2 points-bonheur pour le câlin de Luz sur le canapé, ma bichette d'amour.

+ 2 points-bonheur parce qu'Agnès m'a proposé d'aller au marché aux puces avec elle demain matin.

29

— Et celui-là, regarde, pour mettre dans l'entrée ? s'enthousiasma Agnès.

— Agnès ! Tu as déjà trois meubles dans l'entrée.

— Oh, eh, rabat-joie !

Agnès touchait à tout comme une enfant. Elle entretenait ce côté petite fille, à son âge. Ça amusait Séraphine. Elle éprouvait pour elle tendresse et confiance. Avec Luz, par exemple, elle la savait capable de gérer en toutes circonstances, aussi bien qu'elle, voire mieux. Et il y avait les confidences aussi. Et les conseils, même sur son couple. Agnès n'était pas de ces mères à défendre bec et ongles son rejeton sous prétexte qu'il est sorti un jour de son corps. Elle était juste un peu folle et pragmatique à la fois.

— Bon, et ce vase, je peux le prendre ? ricana Agnès.

— De toute façon, tu fais bien ce que tu veux, hein ! Même si on te dit l'inverse. Surtout si on te dit l'inverse.

Agnès se laissa tenter par des babioles, des bougeoirs, des livres, des tableaux, même. Mais finalement pas de meuble.

— Si je n'avais pas été là, tu aurais acheté combien d'armoires ?

Elles venaient de s'asseoir en terrasse, café chaud à la main, bien mérité après avoir fait le tour de tous les stands.

— Aucune, ma belle, aucune, tu sais combien je suis raisonnable, voyons.

La belle-fille sourit. Un joli sourire sans arrière-angoisse. Elle finit son café. Les acheteurs du marché aux puces se croisaient bruyamment devant elles. Les deux femmes se taisaient.

— Agnès, au fait, se réveilla Séraphine, j'ai un frère, Paul, il est en taule depuis looongtemps, en prison, en zonze, quoi, il a pris vingt ans cette fois-ci, je dis cette fois-ci parce qu'il avait déjà testé la literie avant, plusieurs fois, pour des petits trucs, cambriolages, vente de beuh, go fast. Là, il a pris vingt ans parce qu'il a tué son père, enfin notre père, qui êtes aux cieux… Enfin, assassiné, plutôt.

Séraphine marqua une pause puis reprit :

— Ce qui est bien fait, vu le personnage, bipolaire et violent. La voisine a dénoncé mon frère, qui a été arrêté, et voilà.

Fin de monologue. Soulagée, elle se leva et se mit à danser et ensuite à rire, rire, rire, à n'en plus finir. *Je l'ai fait*, pensait-elle, *fait, dit, sorti, craché ! Ça y est !!!*

Agnès posa sa tasse et applaudit.

— Sacrée tirade ! J'aurais raccourci un peu, mais je ne suis pas l'auteure… N'empêche que tu vois des acteurs, des fois, qui enchaînent des heures de jeu, ils ont une mémoire ! Cela dit, ça se travaille. Mais, bravo, Séraphine, bravo. Georges, il fait quoi comme rôle ?

— Comme rôle ?

— Dans la pièce ? Comme rôle ?

— …

— Par contre, on pourrait pas égayer un peu l'histoire ? C'est un peu plombant, quand même, conclut Agnès.

Elle se leva pour aller régler les cafés. Elle ne l'avait pas crue. Sur le trajet du retour, Séraphine ne dit rien. Elle ne boudait pas mais elle n'avait pas les mots, vraiment pas.

Séraphine s'était peut-être sentie prête, à ce moment-là, à partager son secret, mais Agnès n'était, apparemment, pas prête à l'entendre.

+ 4 points-bonheur pour la Game Boy d'occasion que j'ai trouvée pour Luz, et avec le jeu de Tetris, en plus !

– 2 points-bonheur pour l'enfoiré qui a pris, juste devant moi, et alors qu'il m'avait bousculée pour l'avoir, un vinyle de Maria Callas. D'habitude, j'aurais joué des coudes et aurais insisté mais je me suis volontairement calmée. En ce moment, je me sens capable de tout, de tout.

+ 15 points-bonheur parce que j'ai enfin tout dit à quelqu'un, tout, sauf que Paul sortait bientôt, mais je voulais le dire après, dans la discussion, mais y a pas eu de discussion.

– 15 points-bonheur parce qu'Agnès a pensé que je répétais mon rôle de théâtre…

30

Séraphine raya patiemment les membres de sa liste. D'abord un trait fin.

~~Luz~~. Bien sûr que non, pas Luz. Séraphine avait toujours du mal avec les parents qui s'appuyaient psychologiquement sur leurs enfants. On ne fabrique pas des béquilles.

~~Georges~~. Elle en était parvenue à la conclusion que tout dire, sans complice, à son mari était trop risqué.

Au suivant.

~~Sofia~~. Elle se rappela le fou rire bizarre sous la douche.

~~Agnès~~. Il s'était passé ce qui s'était passé.

Quant à ~~Thomas~~, sa tentative avait été tout aussi catastrophique.

Un second trait fin sur chaque nom ne lui apporta pas de nouvelle solution. Elle soupira et se mit à crayonner dans tous les sens ces foutus noms. Quand plus rien ne fut vraiment lisible ni sur sa feuille ni dans sa tête, elle forma une boule avec le papier et le jeta à l'autre bout du bureau dans la ridicule corbeille rose saumon choisie par Grattelaisselle.

Jocelyne ne s'autorisa aucun commentaire. Elle ne savait même plus si elle avait envie de percer les secrets de sa collègue. Elle était devenue trop étrange, ces derniers temps. Étrange, du genre effrayante. L'autre jour, elle avait eu un fou rire devant un tableau Excel. Devant le bilan comptable d'une société de nez rouges. Rien de drôle, pourtant. Surtout que, juste après, elle avait pesté comme une dératée sur le même tableau et avait claqué son ordinateur.

Mais Jocelyne était curieuse. Elle profita de la pause déjeuner de Séraphine pour sortir la liste qu'elle défroissa, elle tenta d'en décrypter les noms, sans résultat. Puis la technique du lever de feuille face à une source lumineuse fonctionna. Elle lut donc Luz, Georges, Sofia, Agnès, Thomas. Chaque nom étant rayé. Deux fois.

D'abord, elle se dit que sa collègue voulait désinviter ses proches d'une soirée puis que, peut-être, elle voulait tous les éliminer. À la télé, après un meurtre de masse, tous les voisins et collègues disent qu'ils ne se doutaient de rien, qu'on aurait donné le bon Dieu sans confession au coupable. Ah, tiens ! Si elle devait passer à la télé, il faudrait qu'elle perde un peu de poids. Il paraît que la caméra grossit. Elle froissa de nouveau la liste, fit un dernier croc dans son donut et jeta le tout dans la corbeille.

À peine revenue de sa pause, Séraphine repartit en courant aux toilettes pour vomir. Un désaccord entre une omelette et son estomac.

— Enceinte ? l'interrogea Jocelyne.

— Non.

Discussion close.

Au moins, si j'étais enceinte, au moment de l'annonce, Georges n'oserait peut-être pas me quitter. Tu parles d'une solution, toi. Et puis, c'est quoi, leur problème, aux gens, de demander à une femme si elle est enceinte chaque fois qu'elle vomit ? On ne peut plus gerber tranquille !

L'agressivité l'envahissait de plus en plus. Les autres l'exaspéraient, leur façon de parler, leur attitude, leur odeur. Les bruits. Elle se devait de maintenir sa réserve de patience à flot pour sa fille. Elle n'était pas de celles qui crient sur leurs enfants parce qu'elles ont passé une journée pourrie. Ou de ceux. Elle pensa à son père et se dit que, dans le fond, tout cela était grandement sa faute. Tout. Tout ce qu'avait fait Paul, c'était pour le provoquer, pour attirer son attention, pour être entendu. Allait-elle aussi être envahie par cette rage ? Elle refusa de croire que tout était écrit, prévu. Qu'elle ne pouvait pas y échapper. C'étaient des conneries pour magazines de salle d'attente.

Le premier plan qu'elle avait tenté de mettre en place avait échoué. Elle ne s'était sentie assez à l'aise avec personne pour partager sa croix. Sauf avec Agnès, mais c'était elle qui lui avait tourné le dos, d'une bien drôle de façon. Séraphine ne savait toujours pas si elle l'avait fait volontairement ou non. Peut-être qu'elle le saurait un jour, si tout éclatait.

Mais dans son plan parallèle, la vérité n'éclaboussait pas forcément tout…

31

Mardi, 7 h 02. Séraphine se réveilla en sursaut. Elle n'avait pas achevé le dernier bilan compta pour la réunion de l'après-midi. Et ce n'était pas Jocelyne qui aurait pris l'initiative de le continuer. Elle devait aller au bureau en avance, pas le choix.

C'était la première fois qu'elle vivait ça. Le protocole à suivre se mit rapidement en place dans sa tête pourtant légèrement encombrée. Réveiller Georges, l'avertir qu'il devait préparer et emmener Luz, se doucher, s'habiller et filer comme une voleuse.

Elle compta jusqu'à dix pour se concentrer totalement. Elle le faisait souvent. Sous la douche par exemple. Sous la pluie chaude, immobile. Ou avant de se lever. Allongée. Dix secondes de répit, de rab. Un concentré de rien comme une transition.

Elle regarda son mari qui dormait tel un bienheureux. Lui caressa la joue, ce qu'elle faisait aussi à Luz pour la réveiller.

— Georges ?

Pas de réaction.

— Georges, mon chéri…

Un léger bruissement de paupières et un perceptible mouvement d'épaule droite.

— Georges, je dois partir, j'ai fait une boulette au bureau, pas fini un bilan, et y a la réunion cet aprèm. Je me douche et je file.

Il grogna un peu. Elle lui prit la main. Qu'il serra puis libéra.

Dès qu'elle mit un pied en dehors du lit, elle se sentit différente. Spéciale. Elle eut cette sensation de sortir du lot. Elle ôta sa nuisette et regarda son corps comme s'il lui était étranger. Intruse dans sa contemplation.

Et si j'étais une autre, aujourd'hui ? J'en ai marre d'être moi. Ce moi ballotté. Ce moi fatigué. Il me suffirait de choisir qui je suis, juste une journée. Une seule, se supplia-t-elle. *Comme ces gens qui se prennent pour Napoléon. Ou qui sont persuadés d'être la réincarnation d'Elvis. Ça doit libérer d'un poids. De se fondre dans la vie de quelqu'un d'autre. De n'en prendre que la surface. Pas les méandres.*

Elle devait se dépêcher de choisir.

Qui ?

Monica Bellucci. Pour son charme. Elle ferait un tabac, avec son accent italien. Elle imagina la tête du chauffeur de bus puis celle de Jocelyne et enfin celle de Grattelaisselle si elle se mettait à *parlare italiano* en pleine réunion. Ils se diraient qu'elle était devenue cinglée.

Ne sont fous que ceux qui n'ont pas conscience de marcher à côté de leur réalité. Et ne traitent les autres de fous que ceux qui se lovent dans un quotidien cotonneux, blanc comme l'ennui et confortable comme un nuage sans forme.

Patricia Kass, pour sa voix rocailleuse qui donnerait de l'assurance à n'importe quelle midinette. Si elle était née avec ce timbre, Séraphine en était certaine, elle aurait eu le courage de dire la vérité. Cette gravité sonore rendrait n'importe quelle annonce bonne à entendre.

Elle s'essaya un instant mais son phrasé dérailla. Elle rit de se projeter dans une autre enveloppe.

Elle passa en revue chanteuses, danseuses, mannequins, actrices. Vite. Elle devait se préparer. Mais c'était toujours dans l'urgence qu'elle était la plus créative.

Son choix se fixa sur Emmanuelle Béart. Elle ne connaissait rien de sa vie personnelle mais se réfugia avec tendresse dans ce qu'elle en imaginait. Elle se convainquit que sa journée serait plus douce en étant elle. Cette actrice l'avait toujours fascinée. Le regard mélancolique, la sensualité innocente, enfantine et troublante. Peu importait le rôle joué, Séraphine s'était toujours laissé emporter par elle.

Aujourd'hui, Emmanuelle Béart serait comptable. Elle prendrait le bus jusqu'au bureau du cabinet de Grattelaisselle, elle utiliserait son badge pour dompter les portes battantes, elle saluerait l'hôtesse, humble et incognito, elle finirait le bilan comptable en vitesse, elle ferait semblant d'écouter Jocelyne et ses aventures banales avec Marc, elle assisterait même à une réunion barbante et rentrerait à l'appartement. Peut-être ferait-elle l'amour avec Georges, mari de Séraphine. Si elle le voulait bien, bien sûr.

Elle, elle sait jouer tous les rôles, pensa Séraphine.

À l'aise dans son détachement onirique, Séraphine Garin s'habilla, enfila des mocassins du goût d'Emmanuelle, claqua la porte de chez elle et se lança dans cette journée qui ne comptait pas, pas pour de vrai.

32

Du cheval. Paul pensa tout à coup qu'il avait envie d'une balade à cheval sur la plage, comme celle qu'il avait faite une fois avec Élodie. Il pourrait peut-être la rappeler. Pas sûr. Un coup de fil et ils organiseraient un week-end ensemble, une semaine, une vie ?

Paul fantasmait. Et plus le grand moment approchait, plus ses désirs étaient clairs et effrayants à la fois. Si effrayants qu'il se surprenait même, parfois, à avoir envie de rester enfermé, en sécurité. Sécurité relative mais habituelle. Des années qu'il vivait dans ce trou. Il connaissait chaque recoin de sa cellule, chaque renfoncement de sa couchette, il avait même un peu peur de dormir sur un matelas confortable, de s'y réhabituer. Le dehors l'émerveillait, c'était l'enfance à portée de grolle, mais l'intimidait. Se souvenait-il des codes ? À qui parler ? Comment ? Ce qui se fait, ne se fait pas ? À quelle heure manger ? Et quoi ? Au moins, ici, il était sûr d'avoir un repas. De l'autre côté des murs, ça allait être plus compliqué, mais il avait envie d'espace, de nature, lui qui avait toujours aimé la ville, il rêvait d'étendues vertes et silencieuses, pour commencer ce serait plus facile. Et peut-être qu'il y trouverait son compte, qu'il serait plus heureux en cambrousse, dans une ferme. *Aux animaux y a pas besoin de faire de grands discours. Et ils se fichent de votre passé.* C'était une piste. Il la nota.

Il était impatient, mais effrayé. Heureusement qu'il y avait Séraphine, il s'appuierait sur elle d'abord, et sur Georges qu'il avait hâte de rencontrer, et sur Luz, son amour de petite nièce. Il emporterait les dessins de la gamine affichés ici au mur, dehors. Ça lui ferait au moins un repère. Il n'emporterait pas Joseph, par contre, son compagnon de cellule, il ne lui manquerait pas. Pas un si mauvais bougre, mais la promiscuité rendrait fou n'importe qui. Cela faisait déjà quelques mois qu'ils ne se parlaient plus trop et, depuis que Joseph savait que Paul sortait, c'était coupure totale. Comment lui en vouloir ?

Paul réalisa à quel point il était chanceux, il allait sortir. Vivre sa vie. Emmener sa sœur au restaurant, accompagner son beau-frère au golf, se promener avec Luz au parc, la regarder des heures faire de la balançoire. Avant-arrière. Avant-arrière. Juste ça. Il avait hâte de voir sa sœur évoluer dans son élément. Petite Sé devenue grande. Elle s'en était sortie, elle. Elle avait toujours été plus forte que lui. Pas physiquement, mais physiquement il la défendait, quand il était là. Il prenait. Certains diraient qu'il avait été courageux. Il avait juste appris à se déconnecter de son corps. Quand ça pleuvait, il serrait les dents et pensait à autre chose. Il éteignait le son et fermait les yeux. Le pire était de voir Séraphine le regarder et s'opposer vainement en hurlant. Petite fille. Et puis, c'était pas si souvent, et ça finissait par s'arrêter. Et ça ne recommencerait jamais, au moins. C'était ça, le plus important.

— Problème réglé ! avait-il crié, satisfait, couteau en l'air, devant son père à terre.

Sans anticiper les conséquences. À l'époque, il avait Élodie. Sa magnifique Élodie, des yeux à faire hésiter un curé, des jambes qui n'en finissaient plus et auxquelles il ne s'habituerait jamais. Il n'avait plus de nouvelles depuis quelques mois déjà. Ou quelques années. Il n'avait pas le cœur de compter. Peut-être était-elle maman ? Ou bonne sœur. Il ne savait pas ce qu'il aurait préféré comme scénario. Peut-être celui où elle l'aurait attendu à sa sortie, bientôt.

Bientôt !

Il avait hâte, il avait peur, mais il avait Séraphine et Luz.

33

Séraphine se retint de demander où était le rayon polar à l'hôtesse d'accueil de la librairie. « Bénédicte », disait son badge. Elles se sourirent mais Séraphine ne s'attarda pas. Elle ne voulait pas être remarquée. Pour tromper son monde, elle s'arrêta d'abord dans le rayon jardinage, avant de filer aux romans policiers.

Elle avait eu la jugeote de chercher avant sur Internet. C'était mieux que d'entrer dans une librairie et dire : « Bonjour, je cherche des polars où il y a un meurtre et où à la fin on n'attrape pas le coupable. »

Elle s'était estimée chanceuse. Oscar62 avait déjà fait la liste. Elle n'en savait pas plus sur lui, à part qu'il n'était plus actif sur le forum depuis environ deux ans. Peut-être en prison.

Trente-huit livres exactement. Pas question de chômer. Elle lirait au travail, de toute façon, elle n'arrivait plus à rien, avec ses tableaux.

Elle avait cherché un mode d'emploi du crime, mais rien. Ça n'existait pas. *L'Assassinat pour les nuls* non plus.

Elle regrettait de ne pas avoir pris son caddie de mamie vu le poids de ses achats quand l'hôtesse la questionna :

— Vous voulez un sac, madame ?

— Bah non, j'ai des grandes poches dans mon jean !

+ 5 points-bonheur parce que j'aime les polars en fait, c'est pas forcément glauque ou effrayant, celui que je viens de lire est même plutôt marrant, enfin pas pour le tué, mais pour le lecteur, oui.

+ 3 points-bonheur pour le bouquet de fleurs offert par Georges et c'est pas souvent.

– 2 points-bonheur parce que j'ai été maladroite et que je l'ai vexé en insinuant qu'il avait quelque chose à se faire pardonner.

– 1 point-bonheur parce qu'Anna a encore laissé la vaisselle du goûter de Luz dans l'évier, Bobonne va ramasser. Mais je ne vais pas lui en parler, parce que, en ce moment, je me sens capable de tout, de tout.

34

Le sac lui sciait les mains, par alternance. La prochaine fois, elle en demanderait deux, ou un seul et se dirait que, la fois suivante, elle en demanderait deux.

Elle hésita entre rentrer à pied et prendre le bus. Afin de prendre sa décision dans les meilleures conditions, elle s'assit sur un banc public. Elle se dit qu'elle bécoterait bien son amoureux et conclut que cette fluctuation du désir la mettait mal à l'aise. Puis elle haussa les épaules pour chasser le problème, pour le moment.

— Un à la fois, s'il vous plaît, prononça-t-elle pour elle-même.

Un petit grand-père qui passait hésita à lui répondre. Il se retint parce que, la dernière fois qu'il l'avait fait, une jeune femme, du même style, lui avait fait porter ses courses jusqu'à son studio. À lui, à son âge. Et le sac de Séraphine paraissait bien lourd. Il pressa le pas pour échapper à sa propre réflexion de vieux schnock du type « Les jeunes, c'est plus ce que c'était ». Ces derniers temps, ces pensées vieillottes l'empoisonnaient.

Séraphine décida de prendre le bus, se leva, et se ravisa, obnubilée par ce qu'elle vit. Un géant. Un homme, immense, plié maladroitement, comme un bateau en papier fait à la va-vite par un enfant manchot. Il portait une casquette de base-ball, un polo un peu court, un pantalon sans caractéristique et des chaussures si longues qu'il aurait pu atteindre le sud de la ville en deux temps, trois enjambées.

Elle le suivit. Oubliant que son sac lui striait les doigts. Ne pensant plus à rien. Elle entreprit sa filature, persuadée qu'elle lui était nécessaire.

Quand on est aussi grand, on doit prendre immédiatement de la distance sur sa vie, sur les gens, sur les petites choses qui tachent un quotidien étriqué, sur les sentiments qui rapetissent, l'envie, le doute, l'angoisse. Quand on est aussi grand, on ne doit pas se faire une montagne de tout.

Elle le suivit discrètement, ou peut-être pas tant que ça, de toute façon, elle ne se rendait plus trop compte de ce qu'elle faisait. Elle marchait à côté de son corps, les mains anesthésiées, les pieds indépendants et l'esprit subjugué par cet être qui n'était autre qu'un plombier en congé. Sylvain Binot, deux mètres dix, né pourtant dans la courbe qu'il avait rapidement piétinée, au grand dam de Louise Binot, un mètre soixante, qui avait l'impression de nourrir un brin de menthe qui peu à peu l'envahissait.

Sylvain marchait pour fuir son ennui. Depuis le matin. Il s'était arrêté pour manger dans un bistro, seul. Au début, il avait écouté les conversations des tables d'à côté puis s'était rendu compte qu'elles n'étaient pas forcément plus passionnantes que celles auxquelles il participait d'habitude. Rien de croustillant. Il avait choisi le mauvais bistro ou le mauvais coin de salle. Il se sentait seul, à arpenter la ville ainsi. Sa femme était partie avec les enfants dans sa famille, il avait prétexté un dérangement intestinal pour y échapper et le regrettait presque. Mais, par intermittence, il imaginait sa belle-mère, ses regards étranges qu'il ne savait jamais interpréter, ses sourires hésitants et ses réflexions acerbes. Son pote Charles lui avait conseillé de visualiser des serpents sortant de la bouche ennemie. Alors Sylvain riait et Lucette se taisait. Il n'était pas si mal, dans la rue, tranquille. Et, pour conclure cette journée de presque célibataire, il opta pour le cinéma, un bon film comique, divertissant. Bonne idée.

Séraphine n'essaya pas de deviner ce qui passait par la tête de Sylvain. D'ailleurs, elle était persuadée qu'il s'appelait Jean-quelque-chose. Il avait un faciès à prénom composé. Elle lui donnait une quarantaine d'années et se surprit à penser qu'il allait encore grandir. Si c'était possible. *Si ça se trouve, à douze ans, c'était le plus petit de sa classe. Va savoir*. Non, elle n'essaya pas de lire en lui, elle se sentit juste un peu jalouse de tant de hauteur.

Si elle avait été aussi grande, elle, si elle avait possédé l'avantage de ce recul divin, sûr qu'elle aurait géré sa vie comme une cheffe. Une superhéroïne. Au-dessus de tout et de tous.

Elle espérait que Jean-quelque-chose faisait bon usage de ce superpouvoir. Quel gâchis, sinon. Perdue dans ses pensées, elle n'avait pas vu vers quelle salle il était parti, et puis à quoi ça rimait de continuer cette filature ? Dans le noir, elle ne pourrait plus rien capter de lui. Elle chercha des yeux un arrêt de bus en vain, héla un taxi, faisant tomber quelques livres de son sac débordant et sur le point de céder.

35

Il lui fallut un mois pour avaler les trente-huit romans.

Elle s'enferma totalement dans sa lecture, ne se déplaçant plus sans un livre. Lire l'empêchait de penser. Elle se projetait dans la vie d'autres personnages et respirait leur air, oubliant que le sien était si trouble, ces derniers temps. Georges avait négocié une soirée sans lecture pour la Saint-Valentin, Séraphine avait cédé, obligée. Ce fut un bon moment. Elle observait son mari avec la nostalgie des vacances qui vont bientôt s'arrêter. Elle eut l'impression de profiter d'une joie éphémère. Mais, le lendemain, Georges était encore là. Elle se surprenait à rêver qu'il le soit toujours. Même *après*.

Devant le repli de sa femme dans la lecture, Georges ne posa pas de questions, de plus en plus effrayé par les réponses potentielles. Elle alternait jours de grand déballage verbal (évitant les sujets personnels) et heures entières de mutisme. Et, depuis quelques semaines, elle lisait comme si elle passait l'agreg sous peu, option polar. Il était paumé.

Il voulait que ça s'arrête. À ce rythme-là, une réelle distance allait s'installer, et il avait peur qu'elle ne soit irréversible.

Il avait pensé en parler avec Thomas, mais comment fait-on pour aborder un sujet personnel sans trop savoir quoi en dire avec quelqu'un avec qui on n'a jamais vraiment parlé sentiments ? Ça lui semblait aussi improbable que d'attaquer Séraphine de front. Il avait tenté d'en parler avec Anna, la babysitter, mais sûrement pas pour les bonnes raisons. La distance que créait sa femme entre eux, les nombreux rejets de sa part avaient creusé quelque chose en lui. Il ressentait le besoin de plaire, de plaire ailleurs. Il savait que ce n'était pas bon, pas bon du tout. Il ne toucherait jamais à Anna, c'était une gamine, à peine dix-huit ans, à cet âge-là, lui, il ne s'intéressait même pas au corps ni à ses désirs, il écrivait des BD. Alors que son frère faisait tout pour attirer son attention, il s'enfermait dans sa chambre et consacrait toute son énergie d'adolescent à Galactique. Qu'est-ce que Séraphine avait pu se moquer de lui, avec ça. Elle lui manquait.

Le soir de la Saint-Valentin, il avait eu l'impression de la retrouver un peu. Il s'était senti désirable dans ses yeux, élégant. Elle l'avait regardé tendrement, puis ce foutu voile était apparu. Il avait réussi à le dompter quand ils avaient fait l'amour. Séraphine avait perdu le contrôle. Trop de kir cassis, peut-être. Ces derniers temps, il était rare qu'elle se lâche. Le lendemain, au réveil, elle avait eu l'air surprise de le trouver là, dans leur chambre, dans leur lit de toujours.

C'était peut-être un burn-out. Mais, au boulot, de ce qu'il en savait, rien n'avait changé, pourtant.

Georges était perdu et attendait désespérément que sa femme lui tende la main.

Et si elle avait un amant ? Cette idée lui traversa l'esprit et y laissa des traces. De petites coupures incandescentes. Il décida d'agir.

*

Jeudi 15 février 2018
Lendemain de Saint-Valentin
Cours de théâtre hebdomadaire
J-97 (un peu moins de quatorze semaines)

— Aujourd'hui, vous travaillerez en autonomie une bonne partie de la séance, annonça Francis.

Personne ne réagit.

— Je vous laisse libres de choisir un partenaire et un thème. Vous écrirez votre saynète. Dix, quinze répliques max, et après vous les jouerez devant les autres, un binôme après l'autre.

Séraphine leva la main, comme à l'école.

— Oui, Séraphine ?

— J'ai tout bien compris, monsieur !

L'assemblée gloussa. Il était bien, ce prof, mais un peu scolaire, c'était vrai.

— Comme thème, je te propose l'insolence.

— Pas idiot, pas idiot, merci, monsieur, pour l'idée.

Georges lui tendit la main.

— Tu te mets avec moi ?

— Euh… je sais pas… je pensais plutôt jouer avec Bertrand, sur le thème de la passion.

— Ah non ! Certainement pas !

— Bon d'accord, je me mets avec toi, répondit-elle.

Ils choisirent la salle à café pour répéter. Il y aurait du passage, un peu, mais la plupart du temps, ils seraient tranquilles. Ils repoussèrent deux tentatives de discussion de la part d'autres élèves pendant leur préparation. Nicolas « emprunta » trois fois les toilettes, comme il disait. Jennifer y alla une fois. Micheline se fit quatre cafés.

— Alors, ça t'inspire quoi, l'insolence ? lança Séraphine.

— Rien, on change de thème ?

— Oh, bah, si tu veux.

— L'adultère ? proposa-t-il.

Georges n'arrivait pas à se sortir de la tête que son épouse avait un amant, ce qui aurait expliqué son comportement étrange et la distance qu'elle s'appliquait à instaurer entre eux ces derniers temps.

— L'adultère ? C'est pas un peu fait et refait ?

— Non.

Elle n'insista pas. Ce n'était pas souvent que Georges tenait à quelque chose, alors…

— D'accord. Alors Francis dit qu'avant d'écrire il faut faire une définition du thème. Je commence. Fait de tromper sa femme ou son mari avec une autre personne. À toi.

— Acte infâme, égoïste et traître qui consiste à duper son partenaire de vie et à trahir sa confiance.

— Ah oui, quand même !

Mais Georges avait beau la scruter, sa moitié ne sembla pas le moins du monde se sentir concernée par cette définition. Ils écrivirent leur saynète paisiblement, sur le ton de l'humour, la jouèrent très bien selon l'avis du public et quittèrent le petit théâtre.

Séraphine prit le volant et Georges en profita pour finir de dissiper ses craintes.

— Tu m'as déjà trompé, Sé ?

— Moi ? Jamais, mon ours, jamais.

Tiens, Georges a posé une question.

— Et…

Il n'osa pas aller au bout.

— Et quoi ? Est-ce que c'est dans mes projets à court terme ? Laisse-moi réfléchir… Pas du tout !

— Merci, conclut Georges simplement.

— Et toi ?

— Si je t'ai été infidèle ? Jamais !

— Tant mieux.

Ils rentrèrent chez eux, la petite dormait tranquillement et Anna faisait de même sur le canapé, avachie, jupe relevée.

— Eh bah, c'est pas une tenue, demoiselle, rit Séraphine.

Georges s'échappa dans la cuisine, chamboulé. Il se dit qu'il fallait qu'il retrouve sa femme, comme avant, qu'il était temps que cette distance disparaisse parce qu'il n'était pas certain de longtemps pouvoir maîtriser ce désir qui montait en lui.

36

Georges doit être en train de grignoter, pensa-t-elle. Comme à son habitude, une fine tartine de pain de mie écrasée sous le beurre. Les grands jours, une tranche de jambon cru par-dessus.

Elle s'assit sur son lit. Étourdie. Ses bras lui semblèrent en nuage, ses jambes des trombones. Son regard ne suivait pas sa volonté et se baladait partout à la fois sans s'attarder. Son cœur faisait des volutes. Elle crut apercevoir une nuée de papillons sombres. Elle secoua la tête pour les chasser et eut l'impression qu'elle avait dépensé ses dernières forces.

Au loin, très loin, la salle de bains lui apparut comme une évidence. Elle pensa à une plage du Pacifique, remua les orteils pour sentir le sable blanc, tendit la main pour attraper celle de Georges en maillot coloré, absente. Ça la requinqua malgré tout, un peu.

Sans se rendre compte qu'elle s'était déplacée, elle vit son poignet tourner le mélangeur. *Commençons par tiède*, pensa-t-elle. L'eau gicla de la pomme de douche, comme jusqu'ici enfermée. Oreilles obstruées, immergée dans son monde, rien ne pouvait plus l'atteindre. L'eau tiède, c'était la neutralité, elle s'y réfugia. Puis elle pensa à Chamonix, aux pistes blanches, à ses doigts dans la neige fraîche, à la boule qui vole en éclats brillants, au flocon sur son nez qui la ferait presque loucher, et elle fit couler l'eau glacée. Elle replongea dans ses souvenirs de montagne. L'invincible montagne. Seul paysage qui l'avait fait se sentir minuscule, dérisoire. La lumière se fixant sur tout, sauf sur elle. Les bruits de pas qui tassent la neige dans un crissement épiçant le silence. Les bâtons claquant le bitume. Et la nuit à l'aise, qui prend possession des lieux et enveloppe les cols. Elle vit Luz devant la demi-meule de raclette, le sourire enfantin d'avant-festin, elle vit Georges, la démarche incertaine sur les talons simulant un déplacement on ne peut plus naturel. Elle se vit, elle, dévalant les pistes, concentrée pour tout voir sans valdinguer. Le tableau fini, elle passa à l'eau chaude. Peut-être qu'elle se brûlait. Les nerfs ne transmettaient pas au cerveau la douleur, sa peau rougissait mais elle ne sentait rien. Elle était aux Maldives, aux Marquises, en Corse, en Guadeloupe. Son maillot brillait au soleil des vacances en famille, Luz faisait des pâtés, Georges les cassait en riant, elle se perdait dans l'horizon ondulant, eau à la taille, pas plus. Il faisait beau, il faisait chaud, un goût de jus d'ananas envahit son palais, ses papilles se jouaient d'elle.

Sans réaliser comment, elle se retrouva assise. La douche-pluie lui giflait le visage mais elle ne sentait que son cœur qui battait. Et ses doigts qui pianotaient dans les gouttes un message secret qu'elle ne comprenait pas. Puis elle cessa tout mouvement. Elle était flaque, ridicule goutte, elle se vit en haut des chutes d'Iguazú et se délecta de la jetée dans le vide qui l'attendait, du bruit rageur de l'écoulement rauque, du grondement tonitruant de l'élément roi…

L'eau coulait depuis une heure quand Georges la retrouva. Recroquevillée. La peau rougie, les doigts fripés, le regard vide. Il tenta de garder une expression neutre et ne posa pas de questions.

Séchée, au lit, la tête écrasée dans son oreiller, elle trompa le sommeil qui la gagnait pour prononcer :

— On pourrait faire le tour du monde ? En voilier ?

Pendant que Georges ne répondait pas, elle compléta, tout bas et pour elle-même :

— Se laisser pousser loin par le vent, porter par chaque rafale, soumis à la météo, à la pluie de l'Atlantique, à l'humidité des Caraïbes, au soleil brûlant, aux nuages dominateurs, histoire de voir où cela nous mène…

Ses dernières pensées s'évanouirent dans un murmure.

37

Ce week-end, je ne pense pas. Aujourd'hui, je fais comme si de rien, une pause.

Pouce. Hier, j'ai reçu deux messages au ton inquiet, Thomas et Sofia. Et Georges m'a tenu un discours étrange.

— Tu veux qu'on aille en thalasso, mon amour ? avait-il proposé, en dehors de tout contexte.

— En thalasso ? Quelle idée !

— Sé, j'ai un truc à te dire.

Je me tape la baby-sitter. Georges s'énerva en silence contre lui-même. Pourquoi avait-il pensé ça ?

— Je t'écoute.

Le sang de Séraphine semblait bouillir, juste ça.

— Tu n'as pas bonne mine… Mais tu es toujours très belle, hein… ne te vexe pas… Je veux juste dire que tu as besoin de repos, c'est peut-être le travail, Jocelyne qui te tape sur le système… Luz qui te sollicite énormément, ou moi, j'en sais rien… Mais tu as besoin d'une pause, non ?

— On a tous besoin d'une pause… et une thalasso est une très bonne idée. Ou plutôt… ce qui me ferait réellement plaisir… Mais tu ne vas pas apprécier…

— Quoi ? Dis-moi.

Il n'alla pas jusqu'au : « Dis-moi, je peux tout entendre. »

— Ça te dirait, un week-end en club échangiste ?

Georges se paralysa. Séraphine réussit à ne pas rire tout de suite. Mais, devant son ours, tout chamboulé, pétrifié, elle éclata :

— Je rigole, mon amour, je rigole. Tu me suffis amplement, je voulais juste voir ta réaction et j'ai pas été déçue du voyage, pas du tout !

Elle quitta la pièce. Mais entendit Georges protester au loin.

— T'abuses ! Tu n'arrêteras jamais de te payer ma tête ?!

Entre cette discussion-danger et les messages de ses proches, Séraphine se rendit compte qu'ils n'étaient pas dupes. Il était grand temps qu'elle recommence à simuler un état de bien-être neutre, sans trop en faire. Plutôt que la thalasso, elle profiterait du week-end qui arrivait pour lisser son comportement et proposer une sortie à toute la smala, ses beaux-parents, Thomas, Juliette, Sofia et son boucher.

— Alors, on va où ? demanda Georges, samedi matin, à peine sorti de la douche, le corps encore tout chaud…

— Toi, déjà, tu viens là, ordonna Séraphine en tapotant la place vide à côté d'elle dans le lit.

— Mais… Luz est réveillée.

— Allô, allô, vous êtes bien en relation avec 36 17 Rabat-joie. Un projet ? Un désir ? Une envie ? Appelez-nous, et nous vous les ferons passer.

Georges consentit à poser une fesse au bord du matelas.

— Bon, on fait quoi, ce week-end, alors ?

Il détestait quand le temps s'étirait et qu'ils ne se décidaient pas, ces heures à stagner à la maison, le sac presque prêt, la petite presque habillée et un programme en suspens, ça l'horripilait.

— Je n'en sais rien, moi. Demande sur le groupe, dit Séraphine.

Georges prit son téléphone et posa la question sur la messagerie familiale. Thomas répondit de suite.

— Thomas dit qu'il y a un chouette festival de musique pop. Dans une salle des fêtes de cambrousse.

— Sympa. Où ?

Séraphine demandait ça pour estimer le temps de trajet et décider si elle emportait un goûter pour Luz, et un livre ou non pour elle.

— Oh, bah, tu connais… À Crissey, à côté de Chalon.

Une autre idée, elle devait avoir une autre idée, et vite. Elle sourit. Attrapa son téléphone et se mit à pianoter frénétiquement.

Elle connaissait Georges, si le programme lui plaisait, il boosterait les troupes.

— Georges ! l'appela-t-elle de la cuisine, une dizaine de minutes plus tard.

Il débarqua avec Luz, ils avaient déjà leurs chaussures.

— J'ai trouvé autre chose à faire. Ça a l'air moins bruyant et c'est moins loin. Regarde.

Elle lui tendit son portable.

— La fête de l'oignon ? T'es sérieuse ?

— Tout à fait.

Séraphine savait qu'elle devait argumenter, mais elle n'était pas très inspirée. Pourtant il lui fallait à tout prix éviter Crissey. Tout le monde la connaissait. C'était sa perte assurée. Et avec toute la famille en plus, tant qu'à faire.

— Tu sais, un festival de musique pour une petite fille, c'est pas l'idéal, je trouve même ça égoïste pour tout te dire, le prends pas mal, mais je ne vois pas ce que Luz a à faire dans un concert géant de musique pop, pour ses oreilles, c'est mauvais, et pour son cœur aussi, tu savais que le cœur finissait de se former à sept ans et que des vibrations avant cet âge-là pouvaient être irréversibles ?

Elle y allait un peu fort et elle inventait au fur et à mesure. Risqué.

— Non, je ne savais pas. Tu ne veux vraiment pas y aller ?

— Je n'y tiens pas.

Georges quitta ses baskets, dépité. Il s'installa dans son fauteuil de toujours.

— Bon, bon, soupira-t-il.

Dix bonnes minutes s'écoulèrent. Suspendues.

— Ils sont d'accord pour la fête de l'oignon, avertit Georges. Est-ce qu'on peut y aller, maintenant ?

Elle fit une pause, coupa son cerveau, fit comme si Paul n'avait vraiment jamais existé, un fantôme envolé. Et elle s'amusa comme une folle à cette fête de l'oignon. Elle joua à la pêche aux canards avec Luz, attrapa huit fois Georges par la taille, se balada main dans la main avec Sofia, tenta treize fois de raconter une blague de Toto et tira la langue cinq fois à Thomas qui lui annonça que Juliette avait dit oui à sa demande qui s'était à peu près bien déroulée. Sauf que la trapéziste avait failli perdre l'équilibre à cause de son affiche. Séraphine imagina la scène et se marra.

Ils se quittèrent tous avec l'impression d'un retour dans le passé, dans la routine, dans leur normalité, sans pour autant se formuler les choses ainsi. Une vague impression, suffisante pour rendre heureux.

Samedi 17 février

+ 5 points-bonheur pour cette super fête de l'oignon.

+ 3 points-bonheur pour la pêche aux canards avec Luz.

– 2 points-bonheur pour les fautes de subjonctif du boucher qui m'ont fait saigner les oreilles.

+ 6 points-bonheur pour la tête de mon doudou quand je lui ai parlé du club échangiste.

+ 1 point-bonheur pour deux jours sans avoir dit ni oui ni non, surveillée de près par Luz.

+ 3 points-bonheur parce que je n'ai pas pensé de la journée que Paul sort dans un peu plus de treize semaines.

38

La messe.

Mais qu'est-ce que je fais là ?

Séraphine s'installa vers l'extérieur de la nef, par réflexe. Sa mère lui répétait de repérer la sortie la plus proche quand elle entrait dans une pièce, toujours. Elle affirmait qu'on ne devait jamais se laisser envelopper totalement dans une fausse sécurité, toujours avoir une option de fuite. Sinon, il arrivait ce qui arrivait. On se créait ses propres chaînes et on en assumait les conséquences. Ce qu'elle avait fait, elle.

— Vient un jour, ma petite chérie, où on se rend compte que l'on est dans une pièce, qu'elle a l'air accueillante, chaude, mais qu'elle n'a plus de sortie, aucune porte. Comme si quelqu'un l'avait gommée, enfermant le personnage à l'intérieur de son dessin. Et qu'on est ce foutu personnage.

Elles épluchaient les légumes, Brigitte se confiait souvent à sa fille quand elles épluchaient les légumes, leur moment, disait-elle. Loin de lui. La gamine ne comprenait pas un mot des confidences de sa mère. Elle était sensible au ton, aux trémolos et aux larmes.

De temps en temps, les sessions légumes se transformaient en partie de rires. Les carottes devenaient des épées, les pommes de terre des vaisseaux pirates dans la grande marmite de grand-mère, et les petits pois flottants des gens à sauver…

Quand sa mère suivait le fil de ses confessions, Séraphine pensait à autre chose. À l'école, aux copines, aux jeux qu'il restait à inventer avec un bâton ou une bille œil de chat.

Adulte, des bribes de conversation lui étaient revenues. Des récits d'antan, des histoires de bêtises faites par son frère, les premières, les presque drôles qui auguraient les plus compliquées.

Quand il avait ramassé toutes les pommes du jardin et installé sur le grand mur de la propriété une canne à pêche qui pendait sur la route en indiquant : « Ici, on vend des pommes ». Il n'avait pas fait les choses à moitié, il ne les avait jamais faites à moitié. Un vrai stand attendait le client, avec une balance, et un prix au kilo, négociable à partir de deux. La bosse du commerce, il l'avait, dommage qu'il ne soit pas resté dans le trafic de fruits.

Quand il s'était glissé par le conduit d'aération chez des voisins, pendant que ceux-ci prenaient l'apéritif chez ses parents pour dérober des bijoux de pacotille. Ce qui brille.

Quand il était revenu à bicyclette, celle du grand-père, les sacoches pleines de bouteilles de vin, son premier cadenas ouvert avec une épingle à cheveux.

Quand il faisait des tours de mobylette sans casque et sans mobylette à lui, pour le plaisir d'emprunter.

Quand il portait de belles montres sorties d'on ne savait trop où, qu'il rendait ensuite.

Séraphine, partie dans ses pensées, se reconnecta soudain à son environnement. Elle se laissa emporter par les chants, par les sourires qu'on lui offrait, par ce « Donnez-vous la paix » qui autorise des étrangers à vous embrasser en vous souhaitant d'être heureux. Elle communia, elle en avait le droit. Et elle dut retourner à la vie normale. Elle se sentit plus sereine. Elle décida de ne pas se poser plus de questions et de prendre ce qu'elle pouvait prendre.

Elle fut accueillie à la maison par une douce odeur de poulet grillé aux épices camerounaises, par un mari tout décoiffé en tablier de cuisine et par une petite fille surexcitée parce que c'est elle qui avait écossé les petits pois frais !

— Quel travail, mon amour ! Merci bien.

Luz sollicita la permission de repartir jouer. Sa poupée était sale, elle voulait la baigner.

Séraphine se laissa tomber sur une chaise et observa Georges.

— Alors, la messe ?

— C'était bien. C'est drôle, d'y retourner adulte. Gamine, c'était plutôt la corvée, mais là... ça m'a apaisée.

— Bon, tant mieux.

Georges crut un instant que plus rien ne l'étonnerait jamais. Si sa femme devenait bigote, ce serait un moindre mal.

En entrée, la salade composée remporta un franc succès, ce qui gonfla Georges d'orgueil.

Quand Séraphine goûta le poulet, elle recracha immédiatement et prit un air interrogateur. Georges cessa presque de respirer. « Qu'est-ce qu'il a, mon poulet, il est pas frais ? », retint-il.

— Bah quoi, maman ? osa Luz.

Séraphine se sentit scrutée...

— C'est juste que... c'est tellement bon que ça m'a surprise.

— Tu m'auras tout fait, toi, tout ! dit Georges, souriant.

Ils passèrent l'après-midi à faire des jeux, à lire des histoires, à faire des cabanes avec des chaises et un drap. Séraphine se déguisa, Luz fit semblant d'avoir peur et de se cacher, Georges la rassura.

Tout leur semblait simple.

Un dimanche de grâce. Qui finit en dimanche d'adultes, Séraphine, sereine et sensuelle, pour le plus grand plaisir de son mari qui prenait ses assauts comme ils venaient.

Au pire, j'irai me confesser, pensa-t-elle.

Le mardi sans réunion (Grattelaisselle était malade, les suppositions allaient bon train) poussa un lundi sans histoires.

Et c'est une Séraphine de bonne humeur qui entra dans le parloir.

— Luz a déjà fait du cheval ? commença Paul.

— Euh... je ne crois pas, répondit-elle.

— Je pourrais l'emmener ?

Oh bah, écoute, mon grand, vu qu'on en est à inventer maints scénarios tous les mercredis, on peut tout à fait partir là-dessus. Tu peux même la traîner à un stage de licornes.

— Pourquoi pas. Ça pourrait lui plaire, de faire du poney.

— Et on pique-niquerait sur la plage… Comme je faisais avec Élodie… Dis, Sé, tu as des nouvelles ?

Son regard d'homme fut envahi par un espoir enfantin, comme impatient après la promesse d'un bonbon.

Oui et non. Elle avait croisé Élodie au parc, un enfant dans chaque main, pure coïncidence. Les deux jeunes femmes ne s'étaient pas parlé. Elles avaient salué leur passé en se souriant, et c'était tout.

— Aucune.

— Tu crois que… je pourrais la rappeler ?

— Pas sûre qu'il faille remuer tout ça. Et puis, tu en séduiras une nouvelle, c'est bien, une nouvelle histoire d'amour, pour repartir du bon pied.

— T'as peut-être raison.

Peut-être.

La vague de nostalgie disparue, il parla, parla, parla tant que sa sœur décrocha totalement. Il était bientôt l'heure de se quitter et elle n'avait même pas raconté la fête de l'oignon !

— Sé ?

— Je suis là.

Elle avait failli dire oui mais s'était ravisée. Ni oui ni non.

— Tu te souviens quand maman nous avait fait la surprise de la fête foraine ?

— Tout à fait.

— Et celle du week-end chez mamie ? Elle nous avait mis dans la voiture et papa avait conduit sans rien dire non plus.

— Comment l'oublier ? Toi, tu as toujours aimé les surprises.

— Tellement… d'ailleurs… Tu es prête ? s'impatienta-t-il.

— Il faut ?

Elle remarqua douze traces de doigts sur la vitre derrière lui. Le gardien apparut une fois et les avertit de l'heure en montrant son poignet gauche avec son index droit. Il n'avait pas de montre. L'ampoule du couloir tressauta trois fois.

— Le juge a accepté une permission, pour préparer ma sortie. J'ai deux jours. Va falloir que je sois efficace mais c'est déjà super.

Super.

— Quand ? se renseigna-t-elle.

Elle eut peur de trembler, mais rien. Son corps était désormais habitué au mensonge.

— Ce week-end !! J'aurais pu te le dire avant, mais je voulais te faire la surprise, petite sœur !

— C'est gentil, ça… vraiment gentil.

Le gardien commença à devenir insistant. Le parloir était fini et après l'heure…

— Tu viens me chercher samedi à 9 heures ?

— Je vais voir ce que je peux faire. Luz va à la bibliothèque, le samedi matin. Au pire, je t'envoie un taxi, d'accord ?

Et ce taxi pourrait t'emmener à Sorriso, fin fond du Brésil. Dommage que j'aie perdu au Loto, j'aurais pu t'y acheter une ferme.

+ 3 points-bonheur pour le « Donnez-vous la paix » qui m'a apaisée bien qu'un « Fichez-moi tous la paix » aurait été plus efficace.

+ 2 points-bonheur pour l'image de mon amoureux en tablier de cuisine.

+ 7 points-bonheur pour notre dimanche soir pas très catholique.

– 12 points-bonheur qui ne comptent pas pour l'annonce de la permission, parce que c'était mercredi.

+ 3 points-bonheur pour mes six jours passés sans avoir dit « ni oui ni non ».

39

— Syrielle ?

— Oui.

— Je suis malade, complètement malade.

Syrielle se rongea un ongle de plus.

— Ah. Tu restes donc chez toi, aujourd'hui ?

— C'est ça. Je ne sais pas quand je reviens, d'ailleurs. Je te tiens informée.

Séraphine avait retenu de justesse un « Je reviens vers toi ». Personne n'avait tellement envie d'aller vers Syrielle, ce qui expliquait, en partie, qu'elle se ronge les ongles, et la peau des doigts.

La secrétaire ne réclama pas d'explications et encore moins de certificat médical. D'habitude, elle le faisait, bien sûr. Assidue. Mais la comptable la déstabilisait et puis, depuis que Syrielle travaillait au cabinet, Séraphine Garin n'avait jamais été absente ou même en retard. Elle répondait à toutes les obligations de la façon la plus correcte qui soit, des horaires aux salutations professionnelles, disant bonjour à tout le monde, et de la même façon au grand patron ou à l'employé de ménage. Mais, au-delà de cette politesse lisse, rien.

Toutes les tentatives de percée de carapace, de la part de Syrielle comme des autres, avaient échoué.

Séraphine aurait aimé ne pas appeler le cabinet et être capable de mener une journée on ne peut plus classique, mais son premier réflexe du matin avait été de refermer les yeux, de retourner là où le cauchemar n'était qu'imaginaire. Forcée à se lever par un adorable « Maman », elle avait vomi, par gerbes violentes, tout ce qu'elle avait pu. Malgré tout, elle avait feint la sérénité avec Luz. Mais, une fois la petite déposée à l'école, encore nauséeuse, elle s'était rendue à l'évidence, elle ne pouvait pas aller travailler. Pas avec ce qui s'annonçait. L'imminence.

Elle lista ce qu'il faudrait qu'elle jette dans leur valise, regarda le prix des vols vers les plus grandes villes brésiliennes pour le samedi matin tôt, une adulte et un enfant. Elle en était presque à rédiger un mot d'adieu quand elle abandonna ce plan.

Pour un autre.

Elle graissa ses cheveux pour les foncer un peu, mit un bandeau bizarre dont elle pourrait se séparer sans regret, posa délicatement sur ses ongles limés un vernis rose fluo, enfila un legging immonde, cadeau d'une ancienne copine aux goûts douteux, une paire de baskets blanches et ajouta des boucles d'oreilles en plastoc qui partiraient à la benne avec le bandeau. *Il ne s'ennuiera pas, comme ça*, pensa-t-elle, *ils pourront discuter.*

Elle mit ses gants de vaisselle dans son sac en toile de jute sans inscription aucune…

Chaussa de grandes lunettes de soleil noires et entreprit sa traversée de la ville.

Elle se dit qu'elle aurait aimé avoir les jambes du géant qu'elle avait suivi, Jean-quelque-chose. Elle aurait effectué le trajet en quelques pas et ne se serait pas laissé envahir par la fatigue des kilomètres avalés, mais elle, elle avait l'adrénaline, hormone à laquelle Paul avait toujours été addict. Elle repensa à son excitation quand il réussissait à trouver en moins d'une minute le code d'un antivol de vélo dans la rue ou à ouvrir une porte d'appartement sans clef, pour le plaisir.

Elle entra dans le cybercafé et salua le gérant d'un accent italien très marqué. Il répondit à peine, ne relevant même pas la tête de son poste. Sûrement accaparé par un jeu en réseau.

Elle choisit le poste neuf. Quelques recherches stupides noyèrent sa vraie requête dans la masse. Joli chat mignon. Chien qui danse. Plus grand lac du monde. Poison indétectable à l'autopsie. Lieu de vacances préféré des Portugais. Langue parlée en Espagne. Dose létale d'aconit. Âge de Laetitia Casta. Temps d'effet de l'aconit. Ex-femmes de Marc Lavoine. Biographie de Charles Aznavour. Souffre-t-on quand on meurt empoisonné ? Âge létal de la retraite en Italie. Oups, âge légal de la retraite en Italie. Couleur préférée des Australiens. Circonstances atténuantes pour un meurtre. Villes les plus proches de l'équateur. Où trouver de l'aconit. Vidéos de singes qui dansent. Concours de chant d'enfants en Arménie.

Elle regarda une vidéo de gamins qui braillent en rythme et ferma sa session. Elle paya en liquide, donna un faux nom au gérant qui n'en demandait même pas. Ginette Lacrue est ce qui lui vint naturellement. Pourquoi pas. Peu en accord avec l'accent italien du début, mais de toute façon elle avait oublié de le reprendre. Elle sortit du cybercafé en crabe. Oubliant d'enlever ses gants de vaisselle censés empêcher l'impression de ses empreintes sur les touches de l'ordinateur.

Elle repartit toute chamboulée par sa découverte. Le poison le plus efficace au monde était très facilement accessible.

Épuisée par l'émotion de son escapade, elle rentra se reposer. Mais tout a une fin et elle se réveilla dans la case réalité. Le décompte avant l'ouverture de la cage s'effectuait désormais en heures.

Exactement quarante-trois, quand elle eut fini de retirer le vernis affreux de ses longs doigts qui auraient pu faire d'elle une pianiste professionnelle voyageant à travers le monde, mariée à son instrument qui, lui, ne se serait pas mis à jouer faux après la révélation. Et à qui elle n'aurait rien caché, d'ailleurs.

Quand elle poussa la porte tournante du casino, il lui restait à peu près quarante et une heures de liberté non surveillée.

Elle commanda du champagne, exigea en riant une framboise dans sa coupe. Mais l'exigea quand même.

Elle s'excita quelques minutes sur les bras des machines à sous, pestant qu'elle n'y comprenait rien. Que c'était pour les vieux écervelés. Vieux qui ne réagirent pas à cette remarque, trop occupés à regarder défiler des tipis fluo, des dollars brillants et des guitares vertes.

Il lui restait un peu plus de trente-neuf heures quand elle but sa troisième coupe de champagne.

Toujours avec framboise, ils n'avaient pas de billes de pastèque, les idiots.

Elle s'installa à la table de roulette la plus fréquentée, elle aimait la compagnie impersonnelle dans le jeu.

Cent euros au change. Pour commencer.

Pendant quatre tours, elle misa uniquement sur le neuf. Sans succès.

Puis elle mit vingt euros de jetons sur le rouge. Bingo.

Elle entama son habituel monologue avec le croupier.

— Est-ce que tu viens pour les vacances ?

Gilles, de son petit nom écrit sur son veston, ne répondit pas. Et se força à ne pas sourire.

— « Moi, je n'ai pas changé d'adresse… Je serai, je pense, un peu en avance, au rendez-vous de nos promesses », chantonna-t-elle.

Puis, elle hésita entre partir dans un concert improvisé ou se calmer. Elle se calma. L'idée n'était pas de finir au poste. Manquerait plus que ça. Elle s'imagina en garde à vue le jour de la sortie de Paul, le comble !

— Neuf impair, rouge, annonça Gilles.

— Yeahhhhhhh, bingo ! Loto ! Bingo !!!!! C'est pour bibi ! cria-t-elle, déchirant l'ambiance feutrée, provoquant quelques sourires et soupirs.

Elle cessa son cinéma juste avant que le chef de salle n'intervienne.

Ensuite, elle fut plus sage. Rouge, impair, des numéros à cheval, elle perdait puis gagnait. Un coup vindicative, un coup enthousiaste. Elle fredonnait des chansons has been, mais personne ne réagissait. Il y avait bien un petit grand-père, pas loin des quatre-vingts, qui aurait eu envie de compléter ses débuts de chanson. Il avait murmuré la suite d'un « Qu'on me donne l'envieee », souriant et ne regardant plus le tapis de jeu, remis rapidement dans le droit chemin par son épouse. Il avait haussé les épaules et s'était de nouveau concentré. Ses doigts tremblaient légèrement, il les fixait comme pour les maintenir en place. Séraphine se dit que ça pouvait être un atout du hasard, ce tremblement, faire dériver le jeton joué sur le numéro gagnant à la dernière minute.

« Rien ne va plus », répétait le croupier, et Séraphine se dit qu'il avait bien raison.

Le défilé de jeunes femmes en tenue de soirée lui fit comprendre qu'il était temps qu'elle rentre.

Elle ne prit même pas le temps de se demander ce qu'elle dirait à Georges. *M'en fous*, pensa-t-elle. *De toute façon, je suis cuite. Grillée. Carbonisée sur le bûcher de la femme malhonnête.* Elle lâcha le volant pour caresser ses cheveux en se disant que, quelque part, elle mériterait d'être tondue.

Elle poussa la porte de son appartement dans un état second. Elle n'appréhendait même pas de croiser son mari.

Elle trouva Luz et Anna sur le canapé, la gamine en pyjama lui sauta dans les bras. Anna attrapa son sac et s'excusa de devoir filer rapidement.

Séraphine regarda l'agenda partagé dans la cuisine. Georges avait une réunion tardive suivie d'un dîner pro. Tant mieux. Il lui suffirait de dormir à son retour. Ou de faire semblant de dormir. Ou de lui grimper dessus et lui faire l'amour. En silence, dans la pénombre du presque sommeil, cet état magique qui n'a pas soif de mots, cette obscurité partielle qui se nourrit de gestes et se délecte de peaux qui se frôlent. Ce serait peut-être sa dernière occasion, d'ailleurs.

+ 8 points-bonheur pour les sous gagnés à la roulette.

– 3 points-bonheur parce que j'ai dans la tête depuis ce matin « Allô maman bobo, maman comment tu m'as fait j'suis pas beau… » !

+ 5 points-bonheur pour l'aconit et la solution qu'elle propose.

40

Séraphine appela Syrielle pour une prolongation d'absence. *Demain*, se répétait-elle depuis le réveil. *Demain*. Elle se pencha à sa fenêtre et vit le ciel. Il semblait identique à celui de la veille, comme si rien n'était sur le point de changer. Son frigo ronronnait pareil. Georges avait abandonné sa tasse à café sale à côté de l'évier. Le placard du pain de mie n'était pas bien fermé. Des miettes balisaient la même zone que d'habitude. Les coussins du canapé étaient posés en vrac et les chaussons de Georges jetés à la va-vite à côté du meuble à chaussures. Le paillasson de son entrée était de traviole, comme toujours. Les toilettes fuyaient légèrement. Tout était bercé par les mêmes petits bruits qui troublaient à peine le silence. Elle était donc la seule à se rendre compte. Elle se vit sur la plage, regardant les vacanciers en maillot commander une glace à la cahute d'en face, jetant un œil distrait à leurs enfants qui s'appliquaient à faire un château éphémère sans savoir que, d'un instant à l'autre, surgirait la vague la plus haute de l'histoire des vagues, emportant tout sur son passage, leur serviette, leur précieux sac, leur dernier roman, leurs mots à relier et leur gosse.

Luz dormait encore. Séraphine l'envia. Elle, elle avait somnolé en pointillés. Pas perturbée par de mauvais rêves, mais obnubilée par la musique de la respiration de Georges. Chant qui ne lui serait peut-être bientôt plus offert d'écouter. Elle tenta la télé, les dessins animés, régression délicieuse.

Luz débarqua dans le salon, doudou pendouillant, encore toute pleine de sommeil.

— Viens là, mon petit pain tout chaud, viens là que je te dorlote, mon bébé.

Et la gamine s'enfouit dans les bras de sa mère pour continuer un peu sa nuit. Séraphine ne relâchait pas son étreinte, persuadée que rester là, ainsi, immobiles, était envisageable. Mais la petite réclama à manger et la mère dut la libérer.

Luz, assise à table, patientait, affamée. Séraphine, de dos, lui préparait sa tartine. Elle étala de la confiture de myrtilles sur le bout de son nez et sur ses joues. Et se retourna, l'air de rien.

La petite partit dans un fou rire à décontenancer un épouvantail. Séraphine se nourrit de ce son inimitable, gonflant la réserve de points-bonheur avant l'heure.

Elles jouèrent ainsi un moment, sautèrent sur le canapé, glissèrent sur le tapis avec leurs chaussures, firent une bataille d'oreillers dans la chambre des parents, une bataille d'eau dans la salle de bains et un peu dans le couloir. Quand elles eurent épuisé leur énergie du matin, lovées dans le fauteuil de Georges, Séraphine observa son appartement. Un vrai foutoir.

Et se répéta une phrase qu'elle oubliait souvent : *Les personnes avant les choses.*

Tout ce temps gâché à chasser le grain de poussière, à se battre contre des moulins à vent pour que les chaussures soient rangées à leur place dans le placard de l'entrée, pour que la baignoire soit rincée après utilisation, la cuvette des toilettes rabaissée, tout ce temps lui semblait du temps perdu maintenant que tout s'apprêtait à lui échapper. Et pourtant, sur le coup, l'ordre était rassurant.

Luz arriva à l'école en retard, ce qui n'empêcha pas sa mère de l'embrasser un peu trop longtemps avant de repartir vers sa voiture. Séraphine mit une bonne demi-heure à décider de son programme. Quand elle était coincée derrière son bureau, elle avait en tête tout un tas d'activités, mais quand elle avait le temps…

Elle se força à faire une liste.

* Aller chercher Georges à l'école de commerce et partir en vadrouille en suivant cet itinéraire : quatre fois à gauche, huit fois à droite, tout droit, tout droit et on verra où ça nous mène. Comme elle le faisait avec son grand-père, gamine. Mais comment expliquer à son mari pourquoi elle n'était pas au cabinet ?
* Aller au cinéma, mais la programmation ne l'enchantait pas. Dommage.
* S'acheter des fringues ? *Dans deux kilos*, se dit-elle.
* Aller manger une polonaise dans sa pâtisserie préférée ? Pas raisonnable.

Elle décida d'aller chez le coiffeur. Se fit faire des mèches orange très clair et d'autres cuivré sombre. Le mélange détonnait un peu. Mais elle fut ravie.

Elle rentra à l'appartement après avoir avalé un rouleau de printemps en marchant. La sauce lui dégoulinait des doigts et de la bouche mais tout lui était égal. Ce n'était pas le bon jour pour se préoccuper de ce que pouvaient penser les autres d'elle. Pour ça, il y aurait le lendemain.

Elle passa l'après-midi dans le bain, se brûlant la peau, se laissant mariner et bercer par la musique.

Étonnamment, elle réussit à ne pas penser et à se détendre.

Au dîner, elle fut drôle, enjouée, la Séraphine des grands jours, *histoire que Georges demain se souvienne pourquoi il m'aime*. Elle donna tout ce qu'elle pouvait pour amuser sa galerie. Elle parla avec les mains pour faire rire sa fille, embrassa son mari tendrement entre les plats, se déplaça en sautillant, cuisine, salon, cuisine, salon, chanta des chansons en modifiant les paroles… Du concentré.

Ce fut l'heure de coucher Luz. Séraphine avait adoré sa dernière soirée. Celle d'avant le tsunami que personne ne voyait venir, sauf elle.

Luz fut calme, comme souvent. Elle accepta le câlin traînant de sa maman adorée. Puis lui formula un désir étrange. Elle voulait un oiseau, comme animal domestique. Un rouge-gorge. Parce que c'est beau.

— Un oiseau à la maison ? En cage ? s'étonna Séraphine.

— Oui, dorée ou rose, dit Luz.

Séraphine ne répondit pas. Elle imagina, là, dans le coin de la chambre de sa fille, un rouge-gorge, en cage… et se mit à pleurer, doucement. Discrètement ?

Elle s'allongea entre le corps chaud de l'enfant et le bord du lit et lui expliqua l'importance de la liberté. Avant qu'elle ait fini de dérouler sa pensée, la petite dormait. Séraphine profita de cette parenthèse.

Quelques minutes encore.

Juste quelques minutes.

Rien que quelques minutes.

Elle fit un clin d'œil au clown accroché au mur. Le clown qui tenait en laisse un chien. Le clown à l'expression faussement joyeuse, le chien à l'oreille de travers, la laisse trop fine, les couleurs légèrement ternies. Une peinture sur soie faite par Paul en prison. Près de ce tableau, elle avait l'impression d'être avec lui, de frôler son bras appliqué, de l'accompagner d'un sourire de petite sœur admirative. Elle se rappela que, derrière le cadre, il y avait une photo, une photo de famille. Elle, son père, sa mère et Paul. Figés dans un instant heureux. Un des rares. Elle décrocha le cadre et se perdit dans l'image. Sauta à pieds joints dedans et se laissa embarquer par le vertige du voyage temporel. Elle fut accueillie par les odeurs. Celle des clapiers à lapins, de la lavande du jardin, de la potée de la grand-mère. Elle sentit la main de son père dans la sienne, cette main qui pouvait être si douce, aussi. Elle entendit le claquement du baiser de Brigitte dans le creux de son cou, l'endroit le meilleur, disait-elle en savourant. Elle vit Paul tenter de semer le chien des grands-parents… Il fixait l'objectif, sûr de lui, sûr que les photos suivantes le mettraient à son avantage, que l'avenir serait brillant. Leur père souriait. Il souriait toujours à la ferme, il souriait toujours chez les autres, d'ailleurs. Séraphine aurait aimé vivre avec lui, chez les autres. Ne jamais refermer la porte de leur maison. Brigitte offrait un rictus discret à l'appareil, celui de quelqu'un qui n'ose pas penser à l'ambiance des jours qui se profilent. Sur les photos que Séraphine a conservées, lui saute aux yeux l'aura de sa mère, de cette jeune femme, le charme des possibles. Les années passant, le rayonnement s'efface, du dedans au dehors, jusqu'à ne plus apparaître.

Séraphine aurait aimé que le temps s'arrête après cette photo, que rien ne bouge, que son père garde sa main douce, son frère son sourire certain et sa mère son rictus discret. Elle aurait aimé qu'ils meurent d'un coup après la mise en boîte. Que le clic de l'appareil les tue tous. Ne pas savoir quel serait leur destin, ne pas voir les bleus sur le corps clair, sur la peau maternelle laiteuse, le rouge délirant dans les yeux de Paul, la peau grise du père. Champ de bataille de couleurs.

Elle ne savait pas depuis combien de temps elle caressait la photo, mais elle pressentait que Georges allait partir à sa recherche.

Elle remit tout bien en place et alla au-devant de son mari.

Il lisait, enfoui dans son oreiller, le livre en l'air, au-dessus de lui, à bout de bras. Cette position faisait rire sa femme, surtout quand il somnolait et que le livre lui tombait sur la tête. Un soir, Séraphine lui avait apporté son casque de vélo. Au cas-où, avait-elle ricané.

Séraphine se prépara tranquillement. Puis se glissa dans le lit, nue, et entreprit l'ascension.

— À l'attaque du mont Georges ! cria-t-elle, le faisant sortir de son roman.

Elle prit possession de son corps, en profita comme s'il allait disparaître d'un instant à l'autre, le caressa, ne délaissant aucun recoin. Elle dansait et gémissait sans retenue, dans tous ses gestes transpiraient un message d'alerte, une énergie carnivore.

Une fois l'affaire conclue, elle se laissa retomber de son côté du lit et soupira longuement, comme pour prolonger le plaisir.

Georges se retourna vers elle et la toucha du bout du doigt, le ventre, les hanches.

— Tu as maigri, non ?

Séraphine s'observa un moment. Elle réalisa qu'elle vomissait beaucoup, ces derniers temps, presque à chaque repas, quand elle n'oubliait pas de manger.

— Peut-être, un peu. Ça ne te plaît pas ? demanda-t-elle avec un sourire de midinette.

— Non. Y a presque plus rien à toucher, dit-il en lui tâtant une cuisse. Ce week-end, je te fais des crêpes, et des gaufres. Avec du chocolat qui fond. D'accord ?

— D'accord, mentit-elle. Si ça te fait plaisir.

Elle douta un instant du fait qu'il aurait très envie de lui faire tant plaisir.

Georges allait s'endormir. Séraphine repensait à la photo. Au vert de l'herbe, au blanc de la peau de sa mère, au turquoise des yeux de son père, turquoise lac de montagne, comme il disait…

— Georges ? Tu m'aimes quelle couleur ?

Georges soupira d'incertitude quant à la bonne réponse à fournir.

— Bleu, se décida-t-il. Je t'aime bleu.

Séraphine savoura la réponse et s'endormit comme une masse, ou plutôt comme une plume.

41

4 h 30. Elle s'étonna d'avoir dormi autant. Sans doute le cocktail émotions de la photo puis sexe avec Georges.

Elle ne se réveilla pas pleine d'angoisses, le cerveau embarqué dans un tourbillon de mots et d'images. Non, elle était inerte. Emprisonnée dans un corps pas encore en mouvement. Les ronds de bois du plafond semblaient sautiller. Georges ronflotait. Chaque minute ralluma une partie de son corps et les pensées affluèrent.

D'abord un mot. Demain.

Mais ce demain redouté d'hier était là. La barrière symbolique et réelle du minuit avait été franchie. C'est drôle, elle avait imaginé ce moment, ces deux zéros à son horloge avec l'appréhension du bug de l'an 2000. Mais rien ne s'était passé.

Elle regarda son mari et murmura : « Mon ours. »

Elle se mit à compter les ronds de bois. Comme à la ferme, dans le lambris.

Son corps redevenu opérationnel, elle se leva et se réfugia au salon. Elle adorait cette pièce. Elle ignorait si elle était cosy, feng shui ou hygge. Elle lui plaisait, c'est tout. Elle se fit les ongles des pieds. À 5 heures du matin, pourquoi pas.

M'appuyer sur quelqu'un, on a dit que ce n'était pas possible, se dit-elle. *Trop tard, de toute façon. Le cataclysme, c'est bientôt. On ne prépare pas un voyage en tandem en terre inconnue en si peu de temps.*

Puis elle se demanda ce que ferait chaque personne de sa liste dans sa situation. Comme une façon de les laisser l'aider sans les impliquer.

Pour Thomas, Agnès et Luz, elle hésita. S'excuser platement jusqu'à ce que pardon s'ensuive ? Prendre la chose à la rigolade et fuir l'annonce ? Proposer une séance de guilis d'oubli ? Pour Georges, elle donna sa langue au rouge-gorge. Pour Sofia, elle avait une petite idée. Elle rayerait Paul de la surface de sa terre. Sofia part du principe qu'un être naît avec une réserve d'énergie pour toute sa vie. Réserve que l'on recharge en vivant sainement, en faisant du sport et en étant heureux, mais pas rechargeable à l'infini. Elle dit que le stress est la principale source de fuite et qu'il faut l'intégrer au calcul. Qu'il faut accepter et gérer le stress causé par son travail, son couple et ses enfants. Mais qu'il faut limiter au maximum celui de la case Autre.

Dans cette case Autre, elle range les amis, la famille (en dehors du noyau parents et enfants) et le matériel (voiture, électroménager, problèmes d'assurance…). Son grand principe est de doser. Chaque réveil nous offre une quantité d'énergie. Si on en use la moitié à aider une amie qui n'a pas la force de recevoir de l'aide, on gâche la nôtre. Et c'est ce qui, selon elle, engendre les burn-out, les parents impatients, les couples au bord du délitement. Sans force, on ne communique plus, et on ne nique plus, ajoute-t-elle toujours : une conclusion à la Sofia.

Elle considérerait que j'ai déjà offert à Paul ma dose d'énergie. Largement. Qu'il est temps pour lui de disparaître de ma vie. De se débrouiller. La petite Séraphine qui est la seule à pouvoir le sauver, comme disait mamie, a grandi et a échoué. Il faut être réaliste. Si je l'abandonne, fini les problèmes. On peut déposer devant un couvent un frère de plus de quarante ans ? Avec un petit mot disant : « Sorti il y a peu, sous X » ? Je n'aurai plus à annoncer la résurrection du frère pécheur à ma famille. Stop. Claquement de doigts. Sors de là, dans mon cocon, on est complet.

Sofia doit avoir raison mais je ne peux pas faire ça. Comment assumer ça devant la petite Séraphine de sept ans à qui j'ai juré de ne pas la décevoir, pas trop, le moins possible du moins ?

Elle prit un carnet et un stylo.

Elle avait vu une émission bien-être quelques jours avant et en avait retenu des bribes.

Suivant leur conseil, elle écrivit : but, moyen, marge de temps.

But : avoir une vie classique, sans surprises ni à-coups.

Moyen : intégrer Paul à cette vie.

Marge de temps : moins de trois heures.

Elle fit tourner son Bic, presque sans se lasser. Elle se serait bien rongé les ongles. Ou arraché les cheveux. Elle aurait bien bu un whisky ou deux, ou plus. Même un joint, là, maintenant, lui faisait envie.

Elle repensa à ses tentatives de demandes d'aide ratées, à ses recherches sur le poison, elle attrapa une de ses mèches rousses et se mit à rire.

Elle était sur le point de dérailler.

Entre ça et marcher, le regard vide en riant gras, sur le bord d'une route en pleine nuit, il lui sembla qu'il n'y avait qu'un pas.

Elle saisit son téléphone. Contacts / T / Thierry.

Elle rédigea puis effaça huit fois un SMS avant de l'appeler. Il était 5 h 36. *Si son téléphone est allumé, c'est qu'il est disponible, après tout*, pensa-t-elle en comptant les sonneries.

Il répondit. Sans prendre en compte le fait que cela faisait quatorze ans qu'il n'avait pas eu de nouvelles d'elle. Sans réaliser vraiment qu'il n'était pas encore 6 heures du matin, un samedi. Ils se racontèrent leurs vies depuis. Thierry pensait ça souvent : *Ma vie depuis Séraphine*. Tombant dans le cliché du avant/après elle. Une séparation qui lui avait paru plus longue que leur relation. Se détacher d'elle avait été compliqué, et pourtant elle ne lui avait presque rien offert. Il avait senti la faille et un jour avait abordé le sujet. Que caches-tu ? D'où viennent tes microfissures ? Elle avait feint de dormir et, au petit matin, elle avait disparu. En laissant tout de même une lettre sur la table de la cuisine. Et voilà qu'elle appelait quatorze ans plus tard, exactement quatorze ans, sept mois et neuf jours. Thierry avait, lui aussi, la manie de tout compter.

— Tu te doutes que j'ai un service à te demander.

— Oui. Vas-y.

— Un poste de manutentionnaire.

Séraphine espérait que Thierry dirigeait toujours son entreprise de livraison de colis, que ça marchait fort pour lui et qu'il embauchait.

— Ah… T'es sûre que tu feras l'affaire ?

— Pas pour moi, ricana-t-elle.

— Je peux te demander pour qui et pourquoi ?

— Pour un homme, la quarantaine bien tassée, courageux.

— Je n'en saurai pas plus, n'est-ce pas ?

— Un jour, peut-être, chantonna-t-elle.

Ça lui était sorti comme ça. Entre deux tours de Bic. Elle trouverait un job à son frère et lui laisserait une période d'essai. S'il réintégrait la vie normale, en travaillant, en étant raisonnable, en se créant un réseau sain, à la fin de la période de test, elle le présenterait à tout le monde.

— Mais je te préviens, c'est la dernière fois. La vraie dernière fois. Après, c'est vraiment fini ! dit-elle à Paul, seule sur son canapé.

Elle avait raccroché avec Thierry. Tout était organisé. Ils étaient convenus d'un entretien d'embauche, simulacre d'entretien plutôt, le lendemain matin, dimanche, donc. Ça mettrait Paul dans le bain et Séraphine pourrait tirer ses premières conclusions.

Plus qu'à organiser le reste. Où le loger ? Comment lui annoncer qu'elle avait besoin d'un temps d'adaptation pour l'intégrer pleinement à son quotidien ? Elle trouverait. Elle en était convaincue, c'était la bonne solution et elle se donnerait les moyens pour que ça fonctionne. Après l'entretien, elle saurait comment lui en parler.

Elle se sentit revivre. Elle surfa sur une vague d'euphorie silencieuse puis eut faim, une faim insatiable, elle engloutit tout ce qu'elle dénicha, sans vomir cette fois.

Elle s'imaginait déjà gérer la période de transition du mensonge à la réalité comme une cheffe. Elle en avait l'expérience. Et elle visualisait surtout l'après-révélation, ce « Mon amour, je dois te dire quelque chose, j'ai un frère, un frère propre sur lui, qui travaille, quelqu'un de bien. Je t'ai caché sa version antérieure, celle d'avant la mise à jour pour nous protéger tous, mais maintenant qu'il est présentable, je te le présente. » Elle se voyait sourire, sauter dans les bras de Georges. Il l'estimerait courageuse de tout avoir porté seule, de les avoir sauvés de ce côté sombre, de lui avoir évité de choisir de l'accompagner ou non au parloir, de ne pas avoir eu à réfléchir avec elle sur la façon dont parler à Luz de la prison.

Séraphine était décidée à faire une vraie place à son frère. À table, il s'installerait à côté de Thomas chez Agnès, en face d'elle, pas loin de Luz.

Si tout roulait, il porterait même de nouvelles casquettes, celle de salarié (exemplaire ?), de grand frère libre (pas des moindres), de beau-frère à emmener au golf et d'oncle gâteau. Elle espérait également pour lui, dans un délai assez court, de nouvelles fonctions. Amoureux... compagnon... salarié promu... propriétaire... gendre... père ?

Dans son scénario, la période d'essai débouchait sur une nouvelle vie, mêlant sa famille actuelle et celle d'avant, son avenir et son enfance, la Séraphine adulte, épouse, maman et la Séraphine de sept ans à qui elle avait fait tant de promesses et qu'elle ignorait trop souvent. Elle voulait la libérer, oh oui, elle le voulait. Cesser d'osciller entre vérité et silences. Lisser tout ça. Glisser comme n'importe qui dans un quotidien banal. Tranquille. Avec des dîners de famille au complet.

+ 15 points-bonheur pour le moment de foutoir avec Luz. Vive la folie enfantine contagieuse !

+ 2 points-bonheur pour l'air offusqué de la maîtresse face au retard sans justification valable d'une enfant de maternelle.

+ 5 points-bonheur parce qu'hier Georges m'aimait bleu, comme le ciel sans nuage, comme la mer quand elle n'est pas noire et dangereuse.

– 9 points-bonheur parce que, si mon plan ne fonctionne pas, dans quelques semaines, il m'aimera gris et que jamais on ne fera tremper nos dents côte à côte.

+ 8 points-bonheur pour la réaction de Thierry, action sans questions, je lui dirai tout plus tard, il le mérite.

+ 3 points-bonheur pour le « zacuzzi » que Luz a créé en pétant dans le bain, heureuse.

+ 9 points-bonheur pour l'image de Paul papa qui me fait un bien fou.

42

Les premiers mois, Paul était obsédé par le fait de mettre un pied dehors, rien qu'un pied. Il s'imaginait marcher sur le trottoir, regarder le ciel, draguer des filles dans la rue, commander un café en terrasse, sans horaire, sans obligation, libre, le visage caressé par le vent. L'horizon à portée de regard. Il en avait rêvé à en crever. Et puis il avait réussi à amoindrir ce désir oppressant, à convertir volontairement son besoin de liberté en peur. L'appréhension du dehors. Saurait-il encore regarder où il fallait ? Maîtriser ses émotions et ses pulsions ? Le monde de dehors ressemblait-il encore à ce qu'il avait connu ? Était-ce encore son monde ? Aujourd'hui, il n'était qu'une personne-chose à qui on avait confisqué tout pouvoir de décision parce qu'on avait jugé qu'elle s'en servait mal. À raison, qui sait, et il se redoutait en tant qu'être libre.

Il avait sérieusement pensé à refuser sa permission. Son avocat lui avait dit que ça n'aurait pas d'impact sur sa conditionnelle. Que c'était mieux de refuser s'il ne se sentait pas prêt, pas sûr de lui. « Pas sûr de lui », dans la bouche de son avocat, voulait dire susceptible de faire des conneries et, ça, ce n'était pas bon du tout. Il avait très envie d'adopter un comportement normal pendant cette perm mais le problème, c'étaient les autres. Depuis toujours, il avait l'art de se faire embarquer. Embarquer dans une idée à la con ou dans une bagarre. « Drogué à l'adrénaline, avait dit la psy de la prison. Mais y a pas de Subutex pour ça », avait-elle conclu, en riant. Il avait trouvé ça moyen, mais de toute façon elle s'en carrait, de ce qu'il pensait. Dommage, s'il avait eu un peu plus confiance en elle, il serait retourné la voir avant cette sortie. Avec les années, il avait appris à accepter l'aide qu'on lui proposait.

De son propre chef, il avait fait une liste. Ça l'avait rassuré de noter ce qu'il aimerait faire dehors.

* Devenir riche.

* Boire un verre de bon vin. Un bon malbec argentin, cépage préféré de Sé.

* Manger des palourdes revenues dans du beurre persillé et saucer avec du pain, même si ça ne se fait pas.

* Aller au cinéma.

* Traîner comme si le temps était à moi dans une galerie d'art.

* Visiter un musée inutile, le musée de la Pantoufle ? Les gens qui jouissent pleinement de leur vie ont le luxe de faire ça.

* Manger sur une nappe. Et la salir.

* Taper la belote, ou un tarot.

* Aller au cimetière ?

* Fabriquer un meuble en bois marqueté pour Luz, une table à tiroirs, avec un double fond, un meuble de sorcière cachotière…

* Assister à un mariage et s'imprégner des bons sentiments des gens qui y croient encore.

* Saisir une femme par les hanches, si possible larges, une femme solide, douce et un peu sauvage qui, en me caressant, redonnerait vie à mon corps, centimètre après centimètre. Faire l'amour à une femme... Mais, pour ça, je dois redevenir un homme, et ça me prendra plus qu'un week-end. Dans quelques semaines.

*

Samedi matin, 9 heures,
début de la permission de Paul

Sur la montre de Séraphine, la grande aiguille courait et la petite peinait à la rattraper. Ça faisait déjà trois heures trente qu'elle était réveillée. Georges buvait un café. Luz trempait sa tartine dans son chocolat. Le frigo ronronnait. Les toilettes fuyaient légèrement et son paillasson était toujours à la même place, un peu de traviole.

Thomas enfilait un costume seul devant son miroir, lisant à voix haute pour la quatre cent troisième fois son discours de marié, des mois à l'avance. Juliette était en week-end filles avec Margot et Héloïse à La Baule. Il pensait appeler Séraphine pour savoir s'il pouvait garder Luz l'après-midi, une envie de bowling avec rigoles.

Agnès avait sorti son tas de vêtements à repriser, son nécessaire de couture, et attendait le moment où son mari lui dirait : « Mais pourquoi diable tu n'utilises pas la machine ? Elle prend la poussière dans la remise ! » Elle répondrait par un éternel « Tsss-tsss, laisse-moi donc faire ».

Sofia lisait un roman scandinave sur un vieux qui déraille. En trente pages de lecture, elle avait noté neuf idées dont celle d'adopter un chihuahua.

Anna était à l'accrobranche avec Émilie, sa cousine, et luttait contre une légère douleur de cheville pour continuer le parcours.

Les voisins de droite des Garin regardaient le télé-achat. Comme tous les samedis.

Ceux du dessus étaient en vacances. Partis vers 7 heures pour aller voir de la famille à Nantes. Ils avaient bien tout fermé, comme s'ils hivernaient leur appartement, alors qu'ils ne partaient que pour deux semaines. Le chat était chez leur petite-cousine. Tout était en ordre.

Celui du dessous était en pleine partie de jeu de société. Seul. Une bataille navale sur logiciel de compagnie.

À la prison, le gardien remplit le dernier papier et donna à Paul les ultimes recommandations. Ne pas dépasser le périmètre délimité sur la carte. Téléphoner à son responsable le soir même, à 18 heures, et le lendemain à 16 heures, et rentrer le lendemain soir à 20 heures. Tapantes.

— Bon week-end, mec ! Profite de ta permission comme il se doit mais sois raisonnable, je n'ai pas envie de te voir replonger.

Replonger. Ce terme résonna en lui pendant quelques secondes. Vers quoi plonge-t-on quand on va en taule ? L'enfer ? Un monde souterrain avec ses règles, ses ombres, un monde que les gens qui ne sont pas « tombés » ne connaissent pas. Paul s'engagea à tout bien suivre à la lettre.

— Je veux pas de problèmes.

— Tant mieux, tant mieux.

Il saisit son sac et se laissa entraîner vers la sortie. Ce serait exagérer de dire que le soleil lui brûla les yeux, il faisait plutôt gris. La lourde porte gronda. Il franchit la marche en fer, il fut dehors. Séraphine n'avait pas pu venir, le taxi l'attendait, il avait l'adresse. Paul se laissa porter. Il ne dit rien du trajet. Il observa. Les voitures qu'ils croisaient, les immeubles qui défilaient lui donnaient un peu le vertige. Rien ne l'avait attendu. Le monde avait continué à tourner sans lui, à se développer, son équipe de foot avait gagné et perdu, sa sœur avait construit sa vie de femme, d'épouse et de mère, les saisons s'étaient enchaînées, comme si de rien. Au bout de vingt-huit minutes de trajet (il avait chronométré pour rendre le moment réel), il arriva au pied du bâtiment où il vit Séraphine qui patientait sur le trottoir.

Tenant debout par magie, à la fois droite et recroquevillée, heureuse et morte de peur, Séraphine mena son corps tout en coton avec une démarche étrange vers le taxi, paya la note, largement, elle ne savait plus trop compter. Elle scruta ce frère qu'elle n'avait plus l'habitude de voir à l'air libre et sur ses deux jambes. Elle avait presque oublié qu'il en avait. À force de parloirs, il en était presque devenu un homme-tronc. Elle l'observa, retint ses larmes, elle se l'était promis. Elle le prit simplement par la main. Comme on attrape son destin.

Aujourd'hui, il était là avec elle, maintenant et demain.

43

Ici et maintenant, se répéta-t-elle. Samedi 24 février, 9 h 40. Bibliothèque de quartier.

Ils entrèrent dans un joli hall d'immeuble. Les murs étaient peints en vert pomme et le sol était tout en marbre. Paul eut soudain envie de retirer ses chaussures pour sentir la pierre fraîche sous ses pieds. *Est-ce normal de faire ça ?*

Il se ressaisit.

Dans l'ascenseur, un grand miroir parfaitement dépoussiéré s'imposa à lui. Il y vit sa sœur, jolie, à peine maquillée, adulte. Elle était avec un type, le regard creux, la coiffure hésitante, la chemise pas entièrement boutonnée, un type un peu déphasé, un peu déshumanisé. Lui. Il hésita un instant, puis se lécha le bout des doigts qu'il passa ensuite dans ses cheveux pour leur redonner une forme un peu plus travaillée. Il finit d'attacher sa chemise, remonta son col. Il se força à sourire. Au moins, il essayait.

Le salon d'activité parents-enfants de la bibliothèque du quartier des Trois Pigeons avait été décoré par une artiste décalée passionnée par Dalí. Luz adorait le canapé en forme de bouche « rouze ». Elle y était confortablement installée avec Carmen, une jeune étudiante espagnole qui lisait des histoires aux enfants avec un accent chantant. Paul se dit qu'elle avait des hanches larges et qu'elle semblait solide, puis son attention se fixa sur cette merveilleuse petite fille qui, sans le savoir, était son seul rayon de soleil en prison. Luz. Sa lumière pure, celle que personne ne pourrait jamais lui voler. La petite blondinette croisa son regard et se mit à rire. Carmen se trompait dans les mots et cela donnait à l'album pour enfants un côté surréaliste qui l'amusait beaucoup. Paul se dit que Dalí aurait aimé la scène. Sa mère aussi, mais cette image, il la chassa vite. Elle n'avait rien à faire là. Séraphine l'invita à s'asseoir à côté d'elle, sur une des chaises réservées aux parents. Elle s'excusa de l'inconfort de l'assise en lui faisant un clin d'œil. Et la grénouille comprit qu'elle n'était ni oune iguane, ni oune pouzin, ni oune bilain crapo mais une belle grénouille. Fin de l'histoire. Moment de la rencontre entre l'oncle et la nièce.

— Elle t'a plu, l'histoire, ma chérie ? l'interrogea Séraphine.

— Oui. C'est qui, lui ? s'étonna Luz en montrant Paul du doigt.

La franchise de la petite amusa l'oncle. En prison aussi, les gens sont bruts, leur enveloppe s'écaille des convenances, laissant place à la matière première.

— Ton tonton. Il s'appelle Paul. Tu dis bonjour ?

— Bonzour.

Séraphine ne précisa pas quel tonton. Il y avait tonton Thomas, tonton Pierre, un voisin des parents de

Georges, tonton Marius le frère de Juliette la future épouse de Thomas, tonton Luc le meilleur ami de Sofia, bref la multiplication des « tontons-copains » qui exaspérait Séraphine le reste du temps lui rendit un grand service, ce jour-là. Paul n'ajouta rien. Tant mieux.

— Ça te dit que je te lise une histoire ?

Il avait attrapé deux albums sur une étagère voisine.

— Oui !!!!!!! Le lapin qui veut des pâtes.

— D'accord.

— Ça va aller ? s'alarma Séraphine.

— Oui, ça va aller.

— D'accord.

Séraphine était effrayée. Et s'il prenait soudainement Luz dans ses bras ? Et s'il s'accrochait à elle comme on s'accroche à une bouée pour remonter à la surface ? Non, elle ne voulait pas que sa fille vive un centième de ce qui lui triturait le cœur, à elle, tous les jours. Ce n'était pas un mauvais gars, dans le fond, mais pas Luz, pas elle, pas si petite, pas son bébé, pas sa bouée.

Il lui lut l'histoire calmement, s'émerveillant en silence des réactions enjouées de Luz qui avait, Séraphine avait raison, des rayons de malice qui perçaient ses yeux clairs. L'histoire se termina, le petit lapin ne voulait plus de pâtes mais du poulet. « Merci, tonton. » Paul pleura. Il sentit d'abord une larme chaude et orpheline couler le long de sa joue. Il se dit que, s'il ne bougeait pas et s'il se forçait à sourire, personne ne la remarquerait, personne ne lui en tiendrait rigueur, mais elle explosa comme une petite bombe sur la page. Il eut l'impression que la larme en s'écrasant avait provoqué un bruit assourdissant, celui de son échec. Mais il observa la salle, les enfants, les parents, personne ne s'était retourné vers lui ni n'avait arrêté de lire ou d'écouter. Tout était normal, plat, doux. Seule Séraphine s'était tendue, terrifiée. Luz, elle, lui avait demandé s'il avait un bobo ou s'il était triste. Paul eut envie de lui répondre : « Je t'aime très fort, petite étoile, si tu savais comme je t'ai imaginée, comme j'ai pensé à toi, comme j'aimais déjà ton odeur », mais il se ravisa, bien sûr.

— Je crois que je me suis un peu coupé le doigt avec le livre, tu sais, le papier, ça coupe, il faut faire bien attention.

Séraphine fut rassurée et bouleversée à la fois. Elle fit semblant de se blesser aussi avec une feuille et pleura fort, pour de faux. Luz rit aux éclats et Paul entra dans le jeu. « Ouille ouille », criaient-ils, en chœur. Et Luz les consolait. « Aïe aïe aïe », ajoutaient-ils, entre deux rires. Séraphine se tenait le ventre, Paul savourait. On leur fit signe de faire moins de bruit, mais impossible. Ils sortirent en faisant les idiots.

— Direction Acapulco ! hurla Luz à peine le pied sur le trottoir.

Paul interrogea sa petite sœur du regard.

— Le parc, lui murmura-t-elle.

— Ah, OK, j'aurais eu du mal à deviner !

Luz lui tendit la main et lui proposa de lui montrer le chemin. On aurait pu les prendre pour un jeune couple avec enfant. *Je suis bien dans la normalité, là*, pensa Paul, *les deux pieds dedans, plus vite que ce que je prévoyais.* Il se gargarisa des regards amusés des passants sur Luz qui alternait cloche-pied et pas de danse tout en lui tenant la main. Encore quelques heures comme ça, et elle lui arracherait le bras. Mais, enfermé, il avait rempli sa réserve de patience pour des années, juste pour elle. Elle pouvait y aller !

Luz fit du toboggan, courut, sauta, rit, tomba, pleura, vécut. Oui, c'est ce que ressentait Paul, elle était vivante, franchement vivante, bruyamment vivante. Et Séraphine, quand elle la regardait, était naïvement belle. Serait-il un jour de nouveau naïvement beau ? Serait-il de nouveau capable de contempler en silence, heureux, détendu et serein, la simple valse du monde ?

— Elle est mignonne. Bravo, p'tite sœur, dit-il.

— Merci. Je l'ai plutôt bien réussie, c'est vrai.

Le frère et la sœur se sourirent.

— Elle ne ressemble pas à papa, reprit Paul.

— Pas le moins du monde.

— Tant mieux !

— Comme tu dis, tant mieux.

L'église du quartier sonna midi. Séraphine ramassa le sac de jouets et le ciré de Luz qui était tombé derrière le banc et rabroua un peu la gamine qui voulait rester au parc et suppliait des yeux Paul de convaincre sa mère qu'un dernier tour de toboggan serait le bienvenu. Séraphine embrassa Paul, sur la joue. Elle eut une envie subite de le prendre dans ses bras et de le serrer « à lui en casser une côte », comme ils disaient quand ils étaient petits, quand ils étaient ensemble, avant. Au lieu de ça, elle concentra tout son amour dans ce baiser chaste et doux sur cette joue fraîchement rasée qui n'avait plus l'habitude des embrassades à l'air libre. Si elle l'avait étreint vraiment, Paul se serait mis à pleurer, blotti ainsi contre sa sœur, contre sa famille, contre son enfance. Elle lui glissa dans la poche un portable sur lequel elle l'appellerait après déjeuner. Promis. Et la grande prit la main de la petite. Elles s'éloignèrent vers le sud de la ville, laissant Paul seul, libre, perdu. Luz se retourna soudain et lui envoya un baiser volant qu'il rattrapa et mis dans sa poche. Pour plus tard.

Il n'avait faim que d'images, de marche et de soleil. Il se laissa bercer par une brise, déambula au ralenti dans les rues, entra dans les boutiques mais en ressortit vite, il n'avait plus le goût du matériel et de la babiole « indispensable » depuis bien longtemps déjà.

Il était assis sur un banc, la fin de son sandwich jambon-fromage à la main, quand le portable vibra sur sa cuisse. Il eut comme premier réflexe de regarder autour de lui si aucun gardien n'avait détecté l'objet interdit et ne vit qu'un clochard allongé sur le banc d'à côté qui cuvait dans l'indifférence la plus totale les six bières englouties en une heure. Il décrocha. C'était Séraphine. Il n'avait pas très bien compris pourquoi elles étaient parties mais il l'interrogerait plus tard. Peut-être qu'un peu de solitude était nécessaire. Oui, il était d'accord pour un café en terrasse dans vingt minutes. Oui, il l'attendrait sur son banc et se laisserait guider par elle vers un endroit chic. Elle arriva pile à l'heure, seule, en lui souriant. Elle le serra dans ses bras, doucement, fermement, longtemps. Elle se détacha soudain de lui, prit son visage dans ses mains et lui dit, droit dans les yeux :

— Tu m'as manqué, frangin. Toi et moi, on va réussir. On va te retaper, et bientôt on courra dans tous les sens, main dans la main pour chasser les arcs-en-ciel.

Paul ne dit rien. Il ne pouvait rien avancer, rien promettre. Mais il saisit la main de cette sœur qui, à cet instant, semblait posséder assez d'espoir pour deux.

44

L'enthousiasme de Séraphine les mena jusqu'au bar. Paul suivait, trop ébloui pour dévier, mais quelque chose le turlupinait, quelque chose qu'il n'avait pas osé aborder avec sa sœur au parc, même quand ils s'étaient retrouvés seuls. C'était une simple interrogation, un peu folle d'ailleurs, comme une microdose de poison. Est-ce que Séraphine avait parlé de lui à Georges ? Est-ce qu'il savait qu'il avait un beau-frère ? Il se trouva dingue de penser ça, lui qui connaissait Georges par cœur, ses histoires de bureau, son couple, ses séries préférées, ce qu'il aimait lire, ce qu'il détestait faire… Mais pourquoi n'était-il jamais venu le voir en prison, pourquoi ne pas avoir répondu à ses deux lettres qu'il avait, d'après Séraphine, beaucoup appréciées ? Selon elle, il détestait écrire, mais il avait hâte de le rencontrer. Si si. Mais où était-il à cet instant précis ? Si Luz était avec Thomas au bowling, en plus… Où était Georges ? Il n'aurait pas pu se libérer, lui ? L'espoir et la douceur de Séraphine étouffèrent le courage de Paul. Il ne demanderait rien. En tout cas, pas là. Il ravala ses craintes et en fit couler les résidus grâce au café qui lui envahit la gorge après lui avoir saisi le palais. Il était fort, il était noir, il était bon. Pourrait-il de nouveau avaler du jus de chaussette infâme ? C'était peut-être trop cruel, une permission. Comme une piqûre de rappel du côté merveilleux des choses du dehors avant d'être jeté dedans une nouvelle fois. En tout cas, là, maintenant, le café était bon. Il croqua avec rage dans le rocher coco et se lécha même les doigts. Sa sœur le regarda, amusée. Sa sœur et lui, à une terrasse de café, dehors, dehoooorrrss ! Il eut envie de sujets légers, de parler de la pluie et du beau temps. On fait ça, quand on est libre tout le temps, pas vrai ? On parle de la dernière vague de chaleur et de la récente averse, quand on a l'habitude d'aller prendre des cafés en terrasse nonchalamment, quand on ne compte pas les heures ? Mais Séraphine avait un autre plan. Elle lui annonça qu'elle lui avait décroché un entretien d'embauche pour le lendemain. Un travail basique mais stable pour repartir du bon pied. Pour ce qui était du logement, etc., il leur restait quelques décisions à prendre mais c'était de la gnognotte. Elle sortit tout un dossier, des documents expliquant comment parler en public, comment se présenter en deux minutes chrono, comment se tenir, quoi faire de ses mains, bref comment obtenir le job, dès le lendemain matin. Elle comptait le briefer et le laisser bosser le soir, pour qu'il réussisse. Elle fut rassurée par l'intérêt que porta Paul à sa stratégie, il répétait, répondait aux questions, se corrigeait, recommençait, se prêtait vraiment au jeu.

Elle ne sut pas s'il faisait semblant ou s'il avait cru l'espace d'un instant que tout cela était possible. Elle se dit que son enthousiasme était si pur qu'il en était contagieux. Elle rit. Elle y croyait ! Ce qu'elle était heureuse ! Elle fondit en larmes. D'abord de bonheur puis, l'espace de quelques secondes, envisagea l'échec. Elle regarda ce frère comme le fantôme qu'il risquait de devenir bientôt s'il ne prenait pas la bonne décision, s'il retombait dans ses travers, ce qu'elle ne supporterait pas. Paul, la voyant pleurer, perdit tous ses moyens. Il aurait aimé la réconforter, mais il se sentit soudain agressé par le bruit des gens, des cuillères, des voitures. Il trouva écœurante l'odeur qui se dégageait des autres. Il était perdu. Il réalisa que tout cela allait trop vite. Que la veille, il était en prison, dans son repaire, et que, là, on lui intimait de se projeter dans une autre vie avant même qu'il se soit demandé ce qu'il voulait vraiment, lui. Il aurait aimé parler à Sé de son envie de campagne, d'isolement bucolique, mais il sentait que ce n'était pas le moment. Elle lui avait prévu autre chose. Tout ficelé d'avance. Séraphine se ressaisit, mais le mal était fait. La brèche ouverte. Ils simulèrent encore quelques minutes. Les faux sourires accompagnèrent des bribes de discussions factices et Séraphine annonça à Paul qu'elle devait y aller. Il ne fut qu'à moitié étonné, bien que quand même déçu. Elle avait un dîner prévu chez des amis avec son mari « depuis une é-ter-ni-té », elle parlait comme une bourgeoise, elle n'avait pas pu annuler et puis, de toute façon, il devait travailler dur, pour le lendemain. Elle l'embrassa et se faufila dans la foule qui évoluait rapidement sur le trottoir bondé.

Une fugue en bonne et due forme. Paul se demanda si elle s'était sentie soulagée en tournant les talons. Si elle avait enfin pu respirer normalement. La nuit tomba. Il n'avait pas bougé. Il avait appelé la prison, comme convenu, à 18 heures, mais il ne sut pas quoi faire d'autre, alors il ne fit rien, à part rester assis sur sa chaise à regarder les gens normaux circuler, déambuler, rire, sourire, les enfants crier, faire des comédies dans la rue...

Séraphine ne dînerait pas avec lui.

Séraphine ne lui présenterait pas son mari, ni maintenant ni demain. Plus tard ?

Le lendemain, il se risquerait peut-être à lui demander si Georges connaissait son existence. Et Thomas, et Agnès, et Sofia, la belle Sofia. Sans même avoir posé la question, il entrevit la réponse, mais il méritait qu'elle le lui dise en face.

Paul se souvint tout à coup de la phrase que leur père prononçait à table : « Paul n'existe pas. » La sentence de début de repas. Il avait peut-être gagné, finalement. Il l'avait peut-être fait disparaître. Et si, réellement, il n'existait plus pour personne ? Et si Séraphine, inconsciemment ou non, avait participé à cet effacement ? Peut-être était-elle du même bois que leur géniteur, finalement...

Après avoir réglé la note, il lui restait cinquante-six euros sur ce que Séraphine lui avait donné. Elle avait aussi payé sa chambre d'hôtel, dans une pension luxueuse, il avait sa baignoire et ses propres chiottes ! Le serveur lui rendit la monnaie sans un mot, puis n'osa pas lui dire qu'il oubliait ses dossiers. Il paraissait vouloir les laisser là. Il aurait pu dîner dans un restaurant chic, avec cinquante-six euros, mais il alla manger dans le kebab le plus proche. L'odeur de friture le rassura, les néons jaune gras lui firent penser à l'époque où il préparait des coups avec ses copains, à l'époque où il avait des copains.

Jim s'était pris un poteau en voiture. Déchiré.

Céline s'en était sortie, elle bossait beaucoup, dans la restauration, pas le temps de penser ni de faire autre chose. Sauf du sport. Elle était devenue quelqu'un de bien. Elle fricotait avec Mike.

Raphaël s'était suicidé.

Marine avait épousé un tocard, se laissait frapper et se droguait toujours.

Cyril avait été retrouvé tabassé dans une forêt, l'œil droit éclaté, l'index gauche coupé, nu.

Et les autres. Il se forçait à se souvenir mais il en oubliait sûrement. Il commença à transpirer. Il finit rapidement son sandwich, engloutit ses frites, prit quand même le temps de lécher la fin du bac en plastique rempli de mayonnaise blanche industrielle, trempa le doigt dans celui de sauce samouraï, regarda la fin du clip pour profiter quelques secondes encore des corps féminins bronzés qui se frottaient contre un rappeur arborant une grosse chaîne en or, ça, ça n'avait pas beaucoup changé depuis son époque. Le kebab lui apparut alors comme le seul lieu intemporel. L'espace d'une toute petite seconde, il se dit que la solution serait peut-être d'emménager dans un kebab à sa sortie définitive de prison, ce qui ne lui paraissait pas plus invraisemblable que d'envisager sérieusement un retour à la vie réelle.

Arrivé dans sa pension, il se plongea dans un bon bain qu'il fit durer des heures. Il se brûlait la peau et attendait que l'eau refroidisse sans bouger, en ne pensant à rien. Il n'était que chair. Envahi par la chaleur bienfaitrice. Ses doigts étaient striés d'humidité. Il repensa à Séraphine, petite, qui avait été effrayée à la sortie d'un bain trop long, persuadée d'avoir vieilli d'un coup. Il enviait son imagination et pensait souvent que c'était ça qui l'avait sauvée, elle.

45

Séraphine mit plusieurs minutes à nouer ses cheveux en un chignon parfait. Elle plaquait vigoureusement la moindre mèche et l'accrochait directement à son crâne à l'aide de pinces noires, plates, celles qui lui restaient de ses spectacles de danse, celles que sa coiffeuse en bois blanc avait soigneusement conservées pendant toutes ces années. La jeune femme était concentrée. Si elle avait laissé son esprit divaguer, elle aurait simplement fermé les yeux et se serait vue petite fille, en tutu, pleine d'espoirs artistiques, mais elle ne pensait à rien d'autre qu'à dompter sa tignasse, sa peur, son secret, sa vie chamboulée.

Elle avait annulé la baby-sitter. Ce n'est pas qu'elle avait vraiment peur que Paul ne débarque chez elle en leur absence pour voir Luz, pour parler à Luz ou pour prendre Luz. L'idée lui avait à peine traversé le cœur. À peine. Depuis quelques jours déjà, elle ressentait un manque dès que la petite fille quittait la pièce ou s'éloignait trop d'elle. Lorsque l'enfant s'approchait, elle résistait à l'envie animale et sauvage de la sentir, de chercher du nez l'odeur de sa transpiration, celle qui apaise les mamans. L'odeur du creux du cou au réveil. Ce soir-là, elle ne se sentit pas capable d'affronter seule une soirée d'adultes. Georges ne comprit pas, crut vaguement à la fièvre naissante de sa fille qui justifiait que sa maman veille au grain et ne s'opposa pas. Depuis combien de temps ne s'opposait-il plus ? La présence de la petite comblerait les vingt minutes de trajet qui les séparaient de la maison bourgeoise de leurs amis « de toujours ».

Séraphine parlait à Luz, lui chantait des chansons, lui montrait tous les petits détails de la maison de leurs amis. Elle inventait des histoires merveilleuses et intrigantes autour du moindre objet qu'elles croisaient dans cette grande demeure pleine de recoins. C'en était gênant pour Georges. Sa femme avait à peine salué leurs hôtes, un vague bisou et, surtout, pas un regard. Elle ne se sentait pas capable de faire face à un regard d'adulte. Alors elle ne lâchait pas la main de Luz, elle ne lâchait pas d'une semelle son côté enfantin. Jouer, chanter, taper dans les mains, en rythme, regarder des livres de princesses ne l'obligeait pas à réfléchir et, mieux, lui comblait la tête. Elle acquiesçait aux discussions des adultes qui l'entouraient, mais dès qu'elle sentait la moindre possibilité de glisser, le moindre danger, elle se tournait vers Luz, assise à sa droite, ravie d'être le principal centre d'intérêt de la soirée de sa douce maman. Normalement, pendant les repas de grands, on l'invitait plus à être discrète, silencieuse, calme.

Georges, ce soir-là, aurait pu percer la bulle, mais il s'abstint.

Une fois de plus.

Séraphine était excitée et terrorisée. L'entretien était le lendemain. Le début d'une nouvelle histoire qu'elle avait soigneusement anticipée mais qui ne dépendait plus d'elle. « À suivre », semblait dire son sourire figé. Elle alterna discours enjoués de meneuse de discussions et pauses enfance.

Ne pas imaginer Paul seul. Avait-il seulement dîné ? Elle se sentit stupide de lui avoir juste donné de l'argent sans parler avec lui de ce qu'il allait faire. Elle se sentit comme ces gens qui sponsorisent des associations de sans-abris ou de réfugiés pour se donner bonne conscience et ne leur offrent pas un sourire quand ils les croisent dans la rue.

Le repas s'acheva sur une mousse de mascarpone citron vert et pulpe de maracuja. *Paul doit dormir ou relire ses notes. Peut-être est-il heureux d'être seul, de profiter du silence, d'une chambre vide, de se projeter dans un avenir plus clément ?* Elle se rattraperait le lendemain. Après l'entretien. Elle lui offrirait une crêpe caramel au beurre salé et il n'y penserait plus. Ils grimperaient sur les murets, défiant le souvenir de leur mère qui râlait parce qu'ils allaient tomber. Il lui raconterait comment il avait obtenu le job et ils seraient heureux. Heureux. Ils imagineraient ensemble l'appartement, la décoration, les activités sportives auxquelles l'inscrire. De beaux projets d'avenir. Elle pourrait lancer le décompte de la période d'essai et celui de la date de sortie et d'embauche et, dans quelques années, toute cette période lui apparaîtrait comme illusoire et ridicule. Se laisser ronger par un secret ! Quand même. Elle imagina de nouveau des repas de famille, au complet ou presque, Paul avec eux, même des vacances, l'oncle qui joue au foot, l'oncle qui est bonne pâte, le frère qu'il avait été souvent, drôle, plein d'une énergie puissante, toujours une idée décalée, plein de ressources. Il serait un oncle merveilleux, un beau-frère à découvrir et un frère à réapprivoiser.

Le trajet du retour fut silencieux. Luz s'endormit au bout de dix mètres. Il était minuit, pour elle aussi, la soirée avait été longue. Georges alluma la radio à peine la voiture démarrée. Il se concentra sur la musique et fut presque soulagé de voir que Séraphine s'était assoupie quasiment en même temps que leur fille chérie.

Depuis quelques jours, si Luz chantait alors Séraphine chantait, si Luz voulait des histoires alors Séraphine lisait, si Luz voulait danser alors elles partaient dans une ronde endiablée, si Luz riait alors sa maman aussi, et si Luz dormait alors Séraphine l'imitait.

Georges se gara à quelques mètres de sa place habituelle, occupée par une Twingo ridicule, et jaune qui plus est. Il n'aimait pas qu'on lui vole sa place. Même si elle ne lui était pas attitrée. Il se garait là, d'habitude. Il y vit un signe de chamboulement, décidément, ces derniers temps, sa routine avait un goût de nouveauté, et ça lui déplaisait. Au boulot, ce n'était pas la meilleure période qu'il ait connue, tout paraissait tourner au ralenti. Et puis, sa femme qui semblait souffrir d'étrangeté. Il ne savait pas si, une fois au lit, ça allait être hôtel des culs tournés ou une nouvelle occasion de déposer une main courante pour assaut non prémédité.

À dire vrai, il ne savait pas trop ce qu'il préférait.

+ 5 points-bonheur pour le câlin tout doux proposé par Georges que j'ai accepté sans avoir envie de fuir.

– 4 points-bonheur parce que Luz n'en finissait pas de se relever pour mille excuses, boire, pipi, reboire, re-pipi et un câlin et que j'étais très fatiguée.

+ 10 points-bonheur pour le pressentiment d'une réussite proche.

– 2 points-bonheur pour ma nuisette préférée en coton bouffée par les mites, sales bêtes !

46

Séraphine avait toujours aimé entendre son mari ronfler. Elle savait que c'était idiot mais, s'il ronflait, c'est qu'il vivait et, si elle l'entendait ronfler, c'est qu'il vivait à côté d'elle.

— Je vais y aller, chéri.

— Où ? grogna-t-il, encore plein de sommeil.

— À la messe. C'est l'heure. Luz finit sa tartine. Tu pourras descendre ?

— Oui oui, OK.

Elle le laissa hiberner encore un peu. De toute façon, elle faisait confiance à sa fille pour aller le réveiller si nécessaire.

Elle arriva pile à l'heure, assez tôt pour s'asseoir où elle voulait. C'est-à-dire près du confessionnal où elle fila dès l'hostie distribuée.

— Vous saviez que l'on pouvait tuer quelqu'un avec une plante présente presque partout ? Il suffit d'en retirer une tête ou même une feuille, et on a accès à un des poisons les plus puissants au monde.

Le père Benoît ne sut trop que répondre. Cette femme était-elle en train de le menacer ?

Depuis qu'il officiait dans cette paroisse, il recevait des déclarations de foi et d'amour, mais pas de menaces.

— Non… je ne savais pas.

— Je ne suis pas en train de vous confesser un meurtre, pas de panique, mon… curé. Juste une envie, on pourrait dire une idée de meurtre. Que je n'ai pas concrétisée, soyons clairs.

— Tant mieux, tant mieux.

— Il y a une punition divine pour avoir eu envie de tuer son prochain ou le suivant ?

— Vous réciterez huit « Notre-Père », et le Seigneur vous entendra dans Sa bonté.

— Huit ? Et quand on tue, on en récite combien ? Je veux dire, il y a un calcul, une logique mathématique dans votre distribution ? Parce que si un meurtre est estimé comme étant quatre-vingt-neuf pour cent du pire que l'on puisse faire, à savoir, selon moi, un assassinat qui est un meurtre avec préméditation qui serait donc cent pour cent, alors huit « Notre-Père » me paraît une faible quantité pour un désir de meurtre. D'autant que j'ai cherché des informations, je veux dire, le projet était partiellement avancé. Presque abouti, même.

— Douze ? tenta le père Benoît.

— Ça me semble plus juste. Sur place ? demanda-t-elle.

— Comment ça ?

— Dois-je les réciter maintenant ?

— Ah non, chez vous, mon enfant, chez vous, au calme, en communion avec Dieu.

Le père Benoît avait très faim.

— Une dernière chose, mon… curé, l'Église considère-t-elle que le viol entre époux existe ?

— Pour Dieu, le plaisir charnel sert à la procréation, l'Église ne cautionne pas le plaisir vain.

Le père Benoît rêvait déjà de l'assiette de terrine offerte en début d'office par une paroissienne.

— Ah, c'est vrai que, vu comme ça, on part de loin. Bon, je ne vais pas vous embêter plus longtemps. Merci, mon curé.

Lorsqu'elle poussa la porte de son appartement, Séraphine se surprit à faire un petit pas de danse. Il était presque midi, et Paul devait être en entretien ou sur le point de commencer. Elle pensa à lui envoyer un message, pour l'encourager, mais renonça. Il est parfois préférable de laisser les choses se faire. Il était grand, maintenant, il devait voler de ses propres ailes. Guillerette, elle jeta les moules dans le fait-tout puis l'oignon ciselé et arrosa le tout de vin blanc.

Elle s'en servit un verre, *pour goûter ce que je leur donne, tout de même.* Puis s'installa sur le canapé où Luz la rejoignit rapidement, lui tendant son livre préféré.

— C'est un message, mon amour ?

Luz ne répondit pas. Séraphine lui lut l'histoire. Georges bricolait. Qui aurait regardé par le trou de la serrure aurait assisté à un dimanche banal.

— Oh, bah, ça ! Des moules ! C'est toi qui les as achetées ?

Georges n'en revenait pas.

— Exact, mon cœur, exact !

— Tu ne vas jamais arrêter ce jeu de ni oui ni non ? Ça fait combien de temps, maintenant ?

— Dix jours.

— Tu as un grain, tu sais ?

— Exactement, exactement ! Et pourquoi je n'ai jamais cuisiné de moules avant, tiens ?

— Mais parce que tu détestes ça !

— Ah. J'avais oublié. On verra. Au pire, je boirai la sauce, elle est au vin blanc, conclut-elle en simulant un hoquet de poivrote.

À 14 heures, elle reçut un SMS de Thierry. « Il n'est pas venu, j'ai attendu mais je dois y aller. Désolé. »

Elle tenta d'imaginer rapidement où pouvait être son frère. Saoul dans un bistro ? Encore dans son bain, à la pension ? En vadrouille avec ses anciens potes ou des nouveaux tout aussi luxueux ? Il n'avait sûrement aucune excuse valable, ou bien il en trouverait une relativement crédible, mais qui n'effacerait pas le fait qu'il venait de renoncer à sa dernière chance sans même savoir que ça l'était.

Elle avait envisagé qu'il gâche tout après l'embauche, mais avant… *Champion du monde*, pensa-t-elle. *Le meilleur, décidément.*

Ils mangèrent les moules. Aimait-elle ça ? Elle ouvrait la bouche, engloutissait l'animal, refermait la bouche, activait sa mâchoire et avalait. Avec un peu de veine, elle n'avait pas gobé de coques.

Puis elle s'autorisa une pause dans le puzzle entamé avec Luz.

— Je reviens, ma pitchoune, continue comme ça, c'est bien. J'arrive.

Une fois seule dans sa chambre, elle ouvrit la biographie de Frida Kahlo et en sortit une photo d'identité de son frère bien cachée. Elle le fixa dans les yeux, bien droit et prononça un « Je te déteste » qui la libéra d'un poids énorme. Elle remit la photo à sa place et retourna s'évader dans le puzzle coloré, associer la trompe de l'éléphant bariolé à sa tête souriante lui semblant de la plus grande importance. Elle s'assourdit volontairement, ne laissant traverser que les mots et le rire de Luz. Filtre à merveilles activé ! Son cerveau ne captait désormais plus les bruits de voiture ou les remarques d'adulte de son mari qu'elle ne saurait gérer dans les heures à venir. Du silence entrecoupé de rires d'enfant, des frottements de doigts qui emboîtaient des pièces en carton.

Georges s'assit avec elles. Elle eut soudain envie qu'il la serre dans ses bras, prenne son visage entre ses deux mains d'hommes et lui dise : « Raconte-moi. » Mais elle se ressaisit.

Ne pas penser. Elle verrait. Ce qu'elle savait, là, c'est qu'elle ne comptait pas courir après Paul. Elle n'appellerait pas pour implorer des explications. Elle en avait trop entendu et trop cru. Tant pis pour lui. *Tant pis pour moi et pour nous aussi.*

Pendant la sieste de la petite, Georges et sa femme firent un Rummikub. Georges se concentrait pour tout poser d'un coup, faire un carnage, comme il disait. Mais le téléphone de Séraphine n'en finissait pas de vibrer.

Sofia quittait son boucher pour un banquier et n'en était qu'au début de la description de leur rencontre quand Georges commença à grogner.

Séraphine prit sur elle et coupa son téléphone. Malgré tout ce qu'elle se racontait, elle espérait que Paul l'appelle. *Mode avion.*

Après avoir gagné, Georges se remit à son bricolage. Il créait une maquette de planeur pour le pot de départ d'un employé. Il avait bien expliqué à Sé tous les détails techniques, mais il était préférable qu'il ne la prie pas de tout lui répéter.

Séraphine profita du fait que Luz eût décidé de participer au record de la plus longue sieste du dimanche pour consulter son téléphone, thé gingembre à la main, sur son canapé.

Rien à signaler. Tant mieux, dans le fond. Elle avait redouté de devoir lire un SMS cent fois en analysant le moindre mot.

Elle navigua sur Instagram, consulta maints avant/après de déco, son dada, avant de se faire surprendre par un appel.

— Madame Garin ?

— Elle-même, répondit-elle, presque sûre de ne pas se tromper.

— Je suis l'officier Brunet. Votre frère n'a pas passé l'appel réglementaire. Est-il avec vous ?

— Pas du tout.

— Avez-vous une idée de ce qui se passe ?

— Aucune.

— Bon… je lance la procédure de recherche. C'est pas bon pour lui, ça. S'il vous contacte…

Il n'était que 18 heures, mais elle ouvrit son carnet, convaincue que, comparé à cette nouvelle, le reste de la journée ne vaudrait pas la peine d'être répertorié.

Dimanche 25 février 2018

+ 5 points-bonheur pour mes dix jours sans prononcer oui ou non. Même pendant le coup de fil qui m'annonce la disparition de mon frère.

– 10 points-bonheur parce que, même disparu, Paul est encombrant.

47

Elle passa par des phases différentes, mais toutes désagréables.

La colère.

La tristesse.

La rage.

La fausse indifférence.

Et le tout en silence. Bien sûr.

Depuis le trou de la serrure, toujours, le dîner parut presque joyeux. Il flottait une brise de gêne, mais qui ne fit pas totalement tourner l'ambiance générale assurée par Luz, qui était en forme. Après une sieste pareille, rien d'étonnant. Ils eurent du mal à la coucher avant 22 heures. Après plusieurs histoires et une petite vidéo de méditation, Séraphine ferma délicatement la porte de la chambre de sa fille, évitant de regarder le tableau du clown, quand son téléphone sonna.

L'officier Brunet l'informa que son frère n'était pas rentré. Il s'excusa de la déranger, mais c'était la procédure. Et il se mit à la réciter, assidûment.

Séraphine eut l'impression de se faire lire ses droits, comme dans les séries américaines. Mais sans pouvoir éteindre la télé.

— Je me dois de contacter la personne référente si le détenu n'appelle pas à l'heure réglementaire, ce que j'ai fait à 18 heures, et de contacter de nouveau celle-ci si le détenu ne se présente pas à la prison à la fin de sa période de liberté autorisée par le juge, ce qui est le cas.

Il conclut par un, sans doute un peu moins professionnel :

— Je suis désolé qu'il ne soit pas rentré, c'est un bon gars, dans le fond, mais là, il a fait une énorme connerie.

— Moi aussi, je suis désolée, vraiment désolée... susurra-t-elle, tout à coup épuisée.

— Un problème ? demanda Georges qui semblait avoir débarqué de nulle part pour se retrouver derrière elle.

— Sofia, Sofia en a déjà marre de son banquier...

Sa voix avait à peine tremblé.

— Pfiou, conclut Georges, elle ne se fixera jamais, celle-là.

Elle tenta d'agir normalement, de se démaquiller, de se laver les dents avec du dentifrice et pas avec sa crème de nuit, de marcher droit, mais elle ne sut pas vraiment si elle avait réussi. Assise sur le bord du lit, elle respira un grand coup et eut envie de se mettre en boule, d'enfouir sa tête dans son oreiller et de disparaître dans un sommeil quelque peu mérité, quand elle aperçut la biographie de Frida Kahlo. Elle envisagea soudain que, peut-être, il aurait pu arriver quelque chose à son frère. Ça ne lui avait pas traversé l'esprit avant. Son « Je te déteste » refit surface. Et si c'était l'ultime pensée qu'elle avait eue pour lui ? Elle eut chaud et s'écroula. Pas du bon côté du lit.

Georges la trouva par terre, quelques minutes plus tard. Elle était consciente. Il ne paniqua pas. Pas le genre. Il lui caressa le visage avec un gant de toilette mouillé et l'allongea dans leur lit.

— As-tu mal quelque part ?

— Non, murmura-t-elle.

— Ah… dit-il en la scrutant, ma chérie… Je suis désolé… Tu as dit non.

Elle sourit. Georges fut rassuré et ne posa pas plus de questions, au risque de la fatiguer.

Une fois que son homme fut profondément endormi, elle redescendit à pas de louve, tenta d'appeler Paul. Portable éteint. Elle téléphona ensuite à quelques hôpitaux. Elle parlait aux secrétaires sans que sa voix tressaille, elle était calme et efficace, posée. Elle demandait s'ils n'avaient pas son frère blessé ou mort, comme elle aurait demandé si le parking de l'hôpital était surveillé.

Puis elle fit mentalement la liste des anciens amis de Paul et douta du fait qu'il ait pu les contacter. Un texto à Céline lui confirma qu'il n'avait pas donné signe de vie. Elle était là, sur son canapé, impuissante, vide. Elle se dit que sa mère avait dû maintes fois ressentir la même chose.

Et puis, elle *sut*.

Comme une évidence.

La grange.

Elle enfila un jogging sale qui traînait à côté de la machine. *Ne pas prendre le risque de remonter et réveiller Georges.*

« Où tu vas, au milieu de la nuit ?

— Je vais chercher mon frère.

— Ton quoi ?!

— Oui, mon frère, celui qui est sorti de prison pour une permission et qui a disparu depuis hier soir. Tu ne m'écoutes jamais quand je te parle, ou quoi ? »

Ce dialogue imaginaire totalement surréaliste la fit sourire. Comme si c'était le moment.

Elle fila vers le nord, sans hésiter, presque sans freiner. La route était droite, monotone, directe. Les arbres semblaient croiser sa voiture de plus en plus vite, de plus en plus agités par le vent et l'appréhension. Elle n'alluma pas la radio. Quelle musique aurait-elle été capable d'entendre, là, maintenant ? Ou pire, quels mots ?

Elle se gara au bout de l'étang. Il faisait encore nuit noire. Elle se laissa guider par son instinct, certaine de le trouver là. Elle eut l'impression folle que tout était écrit depuis le début. Qu'elle devait juste avancer et laisser sa vie se dérouler devant elle. Elle poussa la porte de la grange, rassurée momentanément par le craquement du bois et l'odeur de foin et d'enfance qui envahit ses narines sèches. Elle vit ses propres pieds, restés nus sans qu'elle s'en aperçoive avant.

Paul était là, devant elle.

Il s'était pendu à l'horloge du temps, tic-tac, son corps balançait. Accroché au fil sur lequel il avait toujours marché. Tic-tac. Gorge déjà gonflée, yeux exorbités, tic-tac, le tabouret éloigné d'un coup de pied décidé. Le cadran de la vie de Séraphine venait de se figer. Elle les revit courir après les arcs-en-ciel dans la grande allée en gravier de leur maison d'enfance talonnés par le petit boxer qui aimait tant son frère. Elle entendit résonner une dernière fois, dans cette grange silencieuse, le rire franc du jeune garçon, aussi doux qu'imprévisible, qu'il avait été. Elle rapprocha le tabouret et s'assit près de lui. Elle l'observa longtemps. Elle pleura, un peu. Elle le toucha. Sa peau tiédissait. La chaleur de leur avant s'éteignait peu à peu. Il n'y aurait jamais de Séville ensemble, jamais de balade à cheval. Leur père avait gagné. Soudain, elle hurla. Bizarrement, elle cria : « Georges », comme rattrapée par son mensonge. Il lui sembla alors évident que la disparition de celui qu'elle avait toujours réussi à cacher allait le faire apparaître dans sa vie pour de bon, déstabilisant son château de cartes. Ce corps bringuebalé au bout d'un fil allait briser celui de sa vie, celui sur lequel elle avançait difficilement depuis tant d'années. Elle se vit devoir annoncer la mort de son frère, la date de l'enterrement, l'essence de bois du cercueil, la prière choisie, perdre Georges, traumatiser Luz, décevoir Thomas, Sofia… Tout cela en un instant. L'instant de la vérité brute et si crue qui s'imposait.

Tout perdre, en échange de rien. Plus rien. L'espace d'une seconde, d'une simple seconde qu'elle ne pourrait jamais effacer, elle se dit que, peut-être, elle aussi devrait se suspendre au fil du temps, tic-tac, leurs deux corps danseraient au bout de leur crochet respectif pour une dernière valse, la valse de la mort, l'ultime danse du secret.

Elle imagina leur père, tout sourire, comme chef d'orchestre, et abandonna cette idée macabre.

48

Le dimanche matin, Paul s'était levé, lavé, préparé. Il avait simulé un entretien d'embauche devant le miroir et avait conclu que, s'il avait été le recruteur, il se serait laissé convaincre.

Il avait rangé ses affaires, il devait libérer la chambre pour 11 heures. Il pourrait laisser son sac et revenir le chercher plus tard, c'était écrit sur le petit papier sur le meuble de l'entrée. Il était fier de lui, au lieu de regarder la télé toute la nuit, il avait privilégié une bonne nuit de sommeil.

Il agissait comme un adulte sans avoir vraiment l'impression de se forcer. Peut-être qu'il était temps. Écouter sa raison et étouffer ses pulsions. Ce qu'il n'avait jamais vraiment fait. Il ne leur avait jamais résisté. Par peur d'une mort imminente, comme une menace constante qui lui aurait murmuré : « Je peux t'attraper à chaque instant, pourquoi passer le reste de ton temps à suivre les règles, à te priver ? Vis, mon gars, optimise ! » Ce qui est pris est pris. Il n'avait jamais redouté les conséquences de ses actes, c'était son grand problème. L'enfant cascadeur qui s'en fiche de tomber avait grandi et pas changé.

Mais certaines pulsions avaient un prix, un peu trop élevé.

Il était 10 heures, il était prêt. Il était beau, humain.

Il eut envie d'appeler sa sœur et, quand il pensa à elle, il pensa à la Séraphine enfant, la rigolote, la petite fille décalée qui voyait la vie à travers son filtre à merveilles. La sœur qu'il avait détestée, au début. Pourquoi avaient-ils eu besoin d'un autre enfant ? N'était-il pas assez bien, pas assez entier pour les combler ? Lui, il n'en voulait pas, non merci. Et puis, elle avait débarqué. Au début, elle n'était que bruits et odeurs et ça l'avait conforté dans son aversion. Puis elle s'était tenue assise et il s'était extasié. La connexion s'était faite par le regard. Elle le cherchait des yeux. Il avait fini par se laisser trouver.

Il eut envie d'appeler sa sœur, mais il revit soudain la Séraphine embourgeoisée qui avait un dîner la veille au soir prévu depuis une « é-ter-ni-téé ». Qu'elle ne pouvait pas se permettre d'annuler, tu comprends. La Séraphine dans son élément, ce monde qu'elle avait créé sans lui, par voie de fait, il était absent. Mais aussi par goût. Elle virevoltait sans père violent, sans mère qui s'est inventé une vie absurde pour s'évader, sans frère incarcéré. La veille, il avait rencontré une mère, une épouse, une femme lambda.

Il ne l'appela pas. Il attrapa son sac. Depuis l'ordinateur de la réception, il trouva les horaires de bus sans même sortir de sa poche l'adresse de l'entreprise où il était attendu. Il se demanda à quoi aurait ressemblé ce travail, qui auraient été ses collègues. Peut-être se serait-il fait des amis, ou du moins des potes de bière d'après-boulot. Ou peut-être aurait-il rencontré une employée aux hanches larges. Il ne le saurait jamais. Peu importait, il s'était rendu à l'évidence.

Le bus le déposa à deux kilomètres de la grange. Ensuite, ses pieds firent le trajet seuls. Habitués, décidés. Il poussa la lourde porte, s'enivra des odeurs, réunit le matériel nécessaire après avoir déblayé un peu l'établi.

Luz est belle.

Séraphine a une jolie vie, finalement.

Et si j'en faisais bientôt partie ?

Le dimanche midi, on partagerait tous ensemble un joyeux moment en famille autour d'une épaule d'agneau, on parlerait météo, on raconterait à tour de rôle des anecdotes de notre quotidien, on rirait à l'unisson de la dernière bêtise de Luz, de sa maladresse enfantine, et on finirait le repas en parlant politique. Séraphine se lèverait, faisant virevolter sa robe longue (peut-être bientôt arrondie par un nouveau petit habitant, un garçon) et prononcerait toujours la même phrase :

« Combien de cafés ? »

J'en prendrais un, je l'avalerais chaud, je savourerais son parfum subtil, je me régalerais du fait que la tasse soit propre avant d'accueillir la liqueur à l'arôme magique de liberté, je ne m'en lasserais jamais.

On finirait tous dans les grands fauteuils confortables du salon en faisant semblant de regarder un programme intello à la télé. On piquerait du nez comme on peut le faire seulement en famille, quand l'intimité nous autorise un petit somme comme si on était seul.

Et puis Luz sortirait de sa sieste, annonçant fièrement l'heure de la promenade au parc.

Je serais celui qui porterait son vélo sans bougonner quand elle se lasserait d'en faire. Je serais celui qui lui donnerait un petit bonbon, discrètement. Je serais celui qui lui lirait des centaines d'histoires à la suite, et même cent fois la même, si elle le désirait.

Luz est belle.

Séraphine a une jolie vie, finalement, mais c'est la sienne.

Elle n'a rien dit. Je sais qu'elle n'a rien dit. Depuis tant d'années… Elle m'a caché, encore plus que je ne l'étais déjà. Dans mon trou. Aucune existence propre à l'intérieur, pas plus à l'extérieur. Comment lui en vouloir ? Vingt fois, j'aurais pu réintégrer le chemin banal d'une vie normale. Mais j'ai toujours échoué. Aujourd'hui, Séraphine a une jolie vie.

Et je vais la gâcher.

Voilà ce qui passa par la tête de Paul. Il n'éprouvait pas d'émotions saisissantes. Il ne se sentait pas en transe. Il faisait froidement une liste mentale de pour et de contre.

Il décida et il sourit.

Il s'installa soigneusement. Ce n'était pas un appel au secours.

Il sortit de sa poche le baiser volant de Luz, celui du parc qu'il avait gardé au chaud pour plus tard, pour une grande occasion. Il le colla vigoureusement sur sa joue, prononça une phrase que personne ne connaîtrait jamais et donna un coup de pied décidé dans le tabouret.

49

Des gratouilles dans le bas du dos la tirèrent d'un sommeil lourd. Au bout des doigts coquins, Georges.

— Bonjour, amour, murmura-t-il.

— Bonjour, répondit-elle, encore endormie, encore souriante.

Quelques secondes en coton. Puis elle se rappela. Tout. Le trajet nocturne, sans chaussures, la certitude, et le corps qui bringuebalait. Elle l'avait laissé là, au bout de la corde. Qu'aurait-elle pu faire d'autre ?

— J'ai envie de rester là à te regarder émerger, mais je dois partir tôt, ce matin... Bonne journée, Sé.

— Bonne journée.

Maintenant, il fallait appeler Syrielle, lever Luz, se comporter comme d'habitude. Se comporter comme d'habitude en étant totalement hors de son corps devenait presque une habitude.

Elle déposa Luz à l'école et prit la route. Direction la grange. Bizarrement, quand elle revit les arbres, elle fut envahie par la même angoisse de la découverte macabre. Et pourtant, elle savait pertinemment ce qu'elle allait trouver. Le bruit des pneus sur le gravier, le clapotis de l'étang, le craquement de la lourde porte et le tic-tac incessant.

Le regard fixé sur son frère, elle appela l'agent de probation, prit une voix émue et lui annonça la découverte du corps. La police débarqua rapidement, l'assommant de questions diverses, la psychiatre de la prison était là aussi, pour constater son échec et témoigner des quelques remarques suicidaires du détenu au cours des derniers mois.

Séraphine dut répondre à des questions absurdes. Elle le fit froidement, comme l'automate qu'elle était devenue.

— C'est la procédure, madame, pour toute mort violente. C'est clairement un suicide mais on doit s'en assurer, légalement.

Puis elle rentra chez elle, rassurée. Ils garderaient le corps à la morgue jusqu'à ce qu'elle organise l'enterrement, délai maximum sept jours.

Un nouveau compte à rebours était lancé. Heureusement qu'elle aimait compter.

Lundi 26 février 2018

Points-bonheur ?

50

Cachi, Argentine.

Province de Salta.

Village du bonheur.

Deux mille cent quatre-vingt-neuf âmes, deux mille deux cent quatre-vingts mètres d'altitude. Tout y est blanc. Les gens s'y déplacent à cheval. La vie suit son propre rythme, lent, dépendant des claquements métalliques des fers, au pas.

Les habitants lisent, mâchent de la coca et attendent le retour des ovnis sur la piste d'atterrissage qu'ils ont fabriquée à cet effet.

Séraphine calcula. Un roman en édition poche pesant en moyenne cent douze grammes, si elle faisait expédier une valise de vingt kilos à Cachi, elle pourrait envoyer cent soixante-dix-huit livres, plutôt cent soixante-dix, en tenant compte du poids de la valise vide.

Elle s'y voyait. Un œil sur un roman, un autre sur le cheval qui passait, une main tenant celle de Luz et, dans l'autre, un verre de malbec.

Elle imaginait son couteau glisser dans un morceau de bidoche, comme aurait dit Georges.

Merde, Georges.

51

Face à son nouveau problème, à savoir la gestion nécessaire et imminente de quatre-vingt-huit kilos de chair froide, elle raya la solution « fuir à l'autre bout du monde ». Elle pensa à celle de l'abandon. Et si, pour une fois, il se débrouillait seul ? Cette pensée la fit rire. Il n'avait jamais rien géré seul, il n'allait pas commencer avec son enterrement.

Elle pensa que, si elle présentait à Georges un frère mort, il aurait peut-être assez de pitié pour ne pas lui en vouloir. Sur le coup. Mais la boue jaillirait quelque temps après. Pour sûr. Et puis, elle pouvait supporter beaucoup de choses, mais pas la pitié.

Non, elle devait organiser l'enterrement en secret.

Elle envoya quelques SMS. Elle prévint Céline, Mike et l'adorable dame qui avait été leur nounou pendant des années.

Puis elle fit l'adulte et se rendit aux pompes funèbres de l'Autre Rive, le nom lui plaisait bien. La poésie n'a jamais tué personne.

Michel F. aida Séraphine à organiser les funérailles. Il lui lista tout ce qu'elle devait faire et les numéros qu'elle devait appeler. Il était efficace et professionnel.

D'abord, elle alla chez le médecin. Pour un certificat médical. Grattelaisselle allait commencer à s'impatienter. Ce n'est pas parce qu'une employée n'a jamais été absente qu'elle peut disparaître de la circulation pendant une semaine sans justificatif. Le docteur ne comprit pas tout de son histoire, mais, devant le désarroi larmoyant de sa patiente, il la mit en arrêt.

Ça, c'est fait, pensa-t-elle, papier à la main. *Plus qu'à le poster, et je suis tranquille jusqu'à vendredi.*

Elle fit mentalement son programme. Mercredi, journée off avec Luz. Jeudi, préparation enterrement, vendredi, enterrement.

Le mercredi, elle embarqua sa fille dans une journée de bêtises, plus drôles les unes que les autres. Tout était chronométré. Remonter le toboggan à contresens, tirer la langue aux canards, sonner aux portes et courir, manger n'importe quoi, n'importe quand, organiser un concours de cloche-pied au parc avec comme récompense des pétards à faire sursauter les vieux sur leurs bancs… ne pas penser… pas le temps… pas une minute. Surtout pas.

Le jeudi fut studieux. Séraphine écrivit un discours.

Elle se faisait un monde de l'organisation de cet enterrement et finalement les choses furent simples. Très simples.

Le curé de Crissey l'accueillit avec bienveillance, la messe fut sobre et rapide. Pas de bande-son, deux discours seulement, quelques paroles du Seigneur pour emballer le tout, et direction le cimetière.

Pendant la cérémonie, ils étaient très peu. Séraphine reconnut quelques têtes, quelques fantômes du passé, amis de ses parents qui n'osèrent pas la saluer, tant mieux, des commerçants qui allaient à tous les enterrements dans le doute, s'il en ressortait un potin, on ne sait jamais, et une femme, cheveux très courts et violets avec une jeune fille qui avaient rapidement quitté l'église.

Céline, Mike et la nounou vinrent à la mise en terre.

Séraphine, devant le caveau familial, se sentit minuscule, si minuscule qu'elle eut peur de tomber entre le cercueil de sa mère et celui de son frère. Attrapée à jamais, se débattant, fourmi enfermée.

Céline portait une robe de poulette bourgeoise, comme aurait dit Paul. Noire, élégante. Mike mâchait un chewing-gum. Ils dirent adieu à leur pote, presque habitués à l'exercice.

La nounou attrapa Séraphine et l'obligea à un câlin.

— Ma belette, lui dit-elle, mon tout-petit, ma Séraphine en sucre glace.

Pas de pitié dans cet échange. Une réminiscence de relation nounou-enfant. Séraphine se laissa aller.

Puis tout le monde rentra chez soi. Elle observa en silence les fossoyeurs fossoyer, rejoignit sa voiture et prononça un salvateur « Ça, c'est fait ».

La veille, quand elle avait tout imaginé, seconde après seconde, elle se voyait suffoquant sur le trajet du retour, revenir à Lyon les yeux gonflés, tentant de cacher son désespoir à Georges et à Luz. À la place, elle alluma la radio et se mit à chanter.

Elle laissait derrière elle le corps de son frère.

Elle avait enterré son secret.

52

Elle passa la soirée neutre. Suisse.

Le bisou de sa fille ne l'émut pas plus que ça. Son rire dans le bain sonnait presque faux. Elle ne dit rien quand Luz, malgré les consignes répétées, fit déborder la baignoire. Elle n'eut pas envie de pester quand Georges entra dans la salle de bains pour les rejoindre sans avoir retiré ses chaussures. Elle accueillit son baiser, d'abord étonnée puis gênée. Séraphine vivait la scène de la soirée familiale comme si ça n'avait pas été sa famille, comme elle aurait vu un film.

Ça irait mieux le lendemain.

Effectivement, elle se réveilla sereine. Juste sereine. À quasiment 10 h 30. Répercussion du choc. Dans le salon, Georges et Luz construisaient une maison en bois, Georges avait fait des plans, dessiné des terrasses. Séraphine, en ouvrant son pot de confiture, se dit que ce serait une bonne idée, une maison. Un jardin. Au calme. Elle se sentit prête à quitter le bruit rassurant de la ville.

Elle se dit soudain que, si tout cela était arrivé avant, ils auraient pu aller à Aix. Elle eut la sensation que désormais tout était possible, ou presque.

Elle aurait dû être triste, bouleversée, même, elle aurait dû culpabiliser de se sentir apaisée, de revivre parce que lui venait de mourir. Mais ce ne fut pas le cas. Elle avait traîné sur ses épaules son passé bien assez longtemps. Il était temps de déposer son sac à dos. Elle profiterait désormais de ne plus avoir de père à qui justifier quoi que ce soit, de ne plus avoir de mère à ne pas décevoir et de ne plus avoir de frère qu'il faut toujours remettre sur le droit chemin. Autant prendre le bon côté des choses, non ?

Bien sûr, à des moments, la tristesse l'envahirait et elle la laisserait s'installer. Renier une émotion forte lézarde nos parois, et le but n'est jamais que le vase explose. Mais elle ne se forcerait pas à être dévastée, à incarner l'orpheline anéantie. Elle avait joué assez de rôles jusque-là, il lui fallait désormais trouver comment agirait Séraphine Garin, Lyonnaise de classe supérieure, mère d'une enfant, épouse.

— Des œufs brouillés pour quelqu'un ?

Les deux bâtisseurs acceptèrent l'idée avec plaisir.

— Alors, cette maison, elle est dans quel quartier ? s'intéressa Séraphine.

— Tête d'Or ! réagit de suite Luz.

— Rien que ça… commenta Georges.

Et ils décrivirent leur maison idéale, y ajoutant des tas d'options et de nombreuses exigences.

— Et si on ne trouve pas une maison de deux cents mètres carrés quartier Tête d'Or, sur deux niveaux maximum, orientée sud-est, à moins de trois cents mètres du parc mais pas côté nord, on peut envisager de changer de coin ? interrogea Séraphine.

— De quartier ? demanda Georges.

— Ou aller à la campagne…

Alors là, Georges n'en revenait pas. Séraphine, envisager de vivre à la campagne…

— Où est ma femme ?

Séraphine fit mine de la chercher autour d'elle, se marra et alla se préparer, il était déjà 11 heures.

Ils filèrent au marché, croisèrent quelques têtes connues, taillèrent une bavette avec des commerçants.

La journée s'écoula tranquillement. De temps en temps, Séraphine réprima une envie de virevolter, de chanter. Elle sentait qu'elle devait tout de même redémarrer doucement, comme après une blessure.

Elle n'ouvrit pas son carnet de points-bonheur, elle se définit juste mentalement un objectif du soir : *Apprendre à être Séraphine Tout-le-monde, heureuse dans une vie lisse, épanouie dans une routine sans à-coups. Sans bombe prête à exploser.*

Cette idée la mena vers un sommeil profond. Quand son corps aurait fini de récupérer, la vie serait belle.

Elle redoutait un boomerang de culpabilité, de s'effondrer dans les bras de sa fille, de se mettre à pleurer en faisant l'amour avec son mari, de ne plus savoir compter, d'un coup, au travail. Mais rien ne se produisit. Elle surfait sur un désir sexuel régulier, plus de mouvements de recul suivis d'assauts non maîtrisés, elle sut parfaitement rattraper son retard au travail et faire oublier son comportement étrange et son absence. Jocelyne, de toute façon, était en boucle sur sa rupture avec Marc. Les rumeurs disaient qu'il fricotait avec Syrielle.

Les semaines qui suivirent se ressemblèrent toutes, pour son plus grand plaisir. Au théâtre, on répétait pour le spectacle de fin d'année. Quand le prof se mit à faire un décompte des semaines, Séraphine tiqua un peu. Mauvais souvenir.

Sofia était avec son banquier mais commençait à se lasser après avoir passé des moments si merveilleux, tu ne peux pas comprendre, ma Sé, il est si… si… hors normes. Apparemment, son côté extraordinaire s'était émoussé.

Séraphine déjeuna quelques fois avec Thomas, avec ou sans Georges. Et les choses avaient repris leur cours sans question aucune. Tant mieux. Le mariage s'organisait doucement. Thème « bohème ».

Luz s'ennuyait un peu en maternelle mais c'était la dernière année, en septembre ce serait la primaire. Agnès et elle entretenaient toujours une relation fusionnelle, avec son mari ils la gardaient souvent, laissant Georges et Séraphine vivre leur vie d'amoureux. Ils partirent quelques fois en week-end, dont un qu'ils prolongèrent effrontément jusqu'au mercredi soir. Ils ne se résignaient pas à quitter leur cabane dans les bois, loin de toute civilisation, sans télé, sans Internet. Ils vécurent au rythme du soleil en écoutant la nature dans sa cacophonie inaudible les premiers jours. Séraphine savoura particulièrement le mercredi de leur séjour puis, au fil des semaines, le mercredi redevint un jour banal, un jour pendant lequel elle travaillait désormais.

Il y avait donc : lundi de reprise, mardi de réunion, mercredi de banalité, jeudi de théâtre et vendredi début de week-end.

Enfin, assez rapidement, dès le mois d'avril, le vendredi soir également fut occupé par le théâtre. Ce n'était pas une petite représentation que Francis préparait. Il se mettait une pression… Il sautillait de groupe en groupe en annonçant que la télé serait là. La télé, répétait-il. *Sûr qu'il devait en rêver.*

Le jour J, tout se passa bien. Sauf pour Mireille qui avait oublié la moitié de son texte mais ça, on l'avait anticipé, en lui donnant le rôle d'une vieille dame atteinte d'Alzheimer. Son échec mémoriel se convertit alors en réussite théâtrale. Séraphine était l'épouse fofolle, un brin immature et un tantinet séductrice. Georges, un ami amoureux d'elle.

Francis se fit applaudir et en redemanda, encore et encore, à tel point que ça devint gênant. Les gens quittaient la salle et il restait sur scène.

— C'est son moment, ricana Séraphine, il faut le comprendre.

— Oui, mais quand même, conclut Georges.

Tout le monde était venu au spectacle des Garin, Luz, Sofia, les parents de Georges, Thomas, Juliette, et ils finirent au bar en face comme la plupart des acteurs.

— Vous étiez magnifiques !

Thomas était aux anges.

— Rien que ça, sourit Georges.

— Des stars, commenta Luz, trop bien !

— C'était super, dit Agnès, vous avez été parfaits, mais j'ai préféré la vieille malade là, celle qui baragouinait toute perdue, c'était très bien fait.

Georges et Séraphine rirent sans révéler le truc.

— Et au fait, reprit Agnès, vous avez abandonné l'histoire du frère assassin ? Tant mieux, ça aurait été plombant !

Séraphine serra les dents discrètement, Georges ne réagit pas, il ne comprit pas mais ne se posa pas plus de questions que ça. Les questions, ça n'était pas sa spécialité.

53

Le spectacle de fin d'année derrière eux, Séraphine se concentra sur l'organisation de l'anniversaire de Georges. Elle sollicita l'aide de Thomas qui fut ravi. Ça lui offrait une pause dans la préparation de son mariage. Elle était sympa, Juliette, mais il en avait plein le dos, de sa liste de conditions qui s'allongeait chaque jour. Comme si elle ne faisait que ça, lister des conditions qu'il se devait d'exécuter. Sofia aussi fut d'un grand secours pour l'anniversaire. Sofia, Thomas et Séraphine se virent quelques fois pour finir les préparatifs. Séraphine était très fatiguée et avait recommencé à vomir. Mais elle avait le moral, ça allait s'estomper, peut-être un simple réflexe du corps qui se souvient. Pendant leurs rares rencontres à trois, elle avait senti ce qui se tramait entre Sofia et Thomas. Elle en restait perplexe. Ne savait pas s'il fallait provoquer la chose ou l'étouffer. Une grande question pour l'humanité, le choix entre la passion destructrice et l'amour raisonnable. Elle se disait souvent qu'elle avait de la chance, elle, et elle la savourait, même si ça heurtait les envieux, peu importait.

Tout le monde était déguisé chez lui, dans son salon, quand Georges rentra du travail. Thomas, en tenue de mécanicien, lisait sur le canapé et ne le salua même pas. Agnès, en infirmière, dans le fauteuil, leva à peine l'œil de sa revue. Son propre père, en bûcheron canadien, assis sur un tabouret, ne bougeait pas, le regard perdu. Sofia, grimée en petite vieille, se faisait couler un café. Luz, dans le couloir, en éléphant, ne lui dit pas bonjour. Séraphine, dans leur chambre, en Indienne, le salua à peine.

Il se laissa tomber sur le bord de leur lit et se dit qu'il avait poussé la porte d'un asile. Il aperçut ensuite un déguisement de cosmonaute et un mot : « Enfile-ça et rejoins-nous au salon. » Tout était silencieux. Il commença à avoir peur mais, avant de quitter leur chambre, Séraphine lui tendit un sourire. Le sourire de Séraphine.

Depuis quelque temps, elle était différente. Il avait presque l'impression d'avoir réussi à ramener à la maison la Séraphine envoûtante des soirées, mais en plus calme et en plus prévisible. Il se sentait bien, il rentrait chez lui avec plaisir, sans appréhension. Avant, et il ne s'en rendait même pas vraiment compte, il traînait un peu au travail.

Il enfila son costume, se sentit ridicule, absurde, et Dieu sait qu'il détestait ça. Il fut tenté de le retirer, de mettre un short, d'aller vers le frigo, de s'ouvrir une bière, de la boire dans son fauteuil. Mais il se rattrapa au sourire de Séraphine. *Ne pas faire le sauvage.*

À peine eut-il mis un pied dans le salon que tout s'alluma, des guirlandes lumineuses étaient accrochées partout, la musique était entraînante, ils chantèrent « Joyeux anniversaire » à tue-tête, l'embrassèrent à tour de rôle et se mirent tous à rire.

Bon, bon, acceptons, acceptons, pensa-t-il, heureux.

Quand ça sonna à la porte, il eut le réflexe d'aller ouvrir mais fut devancé par son frère d'un :

— Tsss-tsss, t'inquiète.

— Sushis party ! cria Séraphine en installant les plateaux à peine livrés.

Georges se retrouva sur son canapé, bon whisky à la main, face à une montagne de cadeaux, comme un gosse à Noël, il regardait ses parents déguisés danser le rock à côté de lui, Luz qui feuilletait un journal de Mickey à l'envers, transpirant sans se plaindre dans son costume trop épais. *Où est le bouton pour arrêter le temps ?*

Sofia évitait Thomas. Juliette critiquait le buffet, un peu, plus par habitude que par conviction. Il n'y avait pas assez de plats vegan et, pourtant, elle n'avait déjà plus faim.

Séraphine invita son cosmonaute de mari à danser et lui murmura, au milieu de la chanson :

— Je suis enceinte, mon amour.

54

Séraphine passa une partie des vacances d'été à vomir et l'autre à profiter du soleil corse. Ils avaient réservé un bungalow juste au bord de l'eau.

— Une folie ! répétait-elle tous les matins en prenant son café, les pieds dans la mer et le regard au loin. Une folie !

Luz vaquait entre Anna, les vacances avec ses parents et chez mamie. Son dernier été avant de commencer la vie d'écolière en primaire.

— Tu te rends compte que notre bébé entre au CP, Georges !

— Bah oui, c'est normal, elle grandit.

— Et tu laisses s'infiltrer des émotions dans ton pragmatisme, parfois ?

— Je ne comprends pas ce que tu me reproches. De toute façon, elle va déjà à l'école. Maternelle ou primaire, même combat, non ?

Séraphine sortit de la pièce en claquant la porte. Ce qu'il était chiant, à être terre à terre comme ça ! À n'être atteint par rien. Elle ne savait pas pourquoi, mais elle l'aurait baffé, à ne rien ressentir comme elle.

Elle se sentait seule émue à l'idée que sa petite fille aille à l'école des grands et apprenne à lire. On ferme les yeux deux minutes, et ils sont au collège !

Georges la rejoignit dans leur chambre.

— Tu es un peu à fleur de peau, non ?

— Tu veux dire chiante ?

Elle le regarda en coin.

— Je n'ai pas dit ça, ne me frappe pas, dit Georges, se protégeant le visage avec son oreiller.

Et ils rirent.

— Je suis triste de voir mon bébé grandir autant.

— Elle est contente, elle, d'aller au CP, et tu auras le suivant pour pouponner. Un nouveau bébé tout mignon, dit-il en posant sa main sur le ventre de sa femme, mais par contre…

— Quoi ?

— Par contre, celui-là, tu le laisseras aller en primaire sans relève, je ne compte pas avoir mille enfants parce que tu as peur de les laisser s'échapper !

— Mille enfants, non, mais trois… ou quatre ?

Elle le supplia du regard. Georges préféra quitter les lieux. Il avait du mal à comprendre ce système d'hormones. Cette transformation exacerbée de son épouse décidée à avoir quatre enfants, alors qu'elle avait toujours dit que deux, c'était suffisant. Largement suffisant. Et cette façon de devenir violente d'un coup, s'il osait ne pas employer le mot attendu, qu'il ne connaissait pas, ça aurait été trop facile, sinon. Il avait l'impression d'être un hamster dans une roue. Plus qu'à attendre qu'elle arrête de tourner en évitant les blessures.

La rentrée fut joyeuse. Luz retrouva une petite copine. L'école était très agréable, dans un parc.

La grossesse de Séraphine évoluait normalement, elle avait vaincu les nausées, pris du poids, et débuta la phase euphorie et forme olympique. Georges ne parvenait plus à suivre ses différents appétits. Le bébé allait naître et rencontrer un père vidé.

Au travail, on se moquait un peu de lui. On lui proposait d'aménager la salle de réunion en dortoir pour une siestoune. Il avait failli accepter.

Il se promit alors qu'il refuserait catégoriquement le troisième. Même si cette petite fille, bientôt là, allait sûrement, un moment, tenter de le faire changer d'avis en l'attendrissant, il se le promit.

Il devait résister à la tentation de poursuivre l'aventure jusqu'à avoir un garçon. Il pourrait l'appeler Dominique et la mettre au foot. Il pourrait.

Il pensait être rodé, avoir déjà été surpris par les émotions fortes de l'arrivée d'un bébé, par la peur injustifiée statistiquement de perdre sa femme en cours de route, de se retrouver seul avec un nouveau-né, par l'appréhension que le bébé n'ait pas tout où il le fallait, par l'émotion saisissante de la rencontre, celle du premier regard et des minidoigts qui serrent les vôtres. Il pensait qu'on s'habituait. À tort.

Quand Séraphine perdit les eaux sur leur nouveau tapis en cuir, il faillit perdre connaissance.

— Je crois que c'est parti, dit-elle, radieuse.

Il se ressaisit. Pas le moment de flancher. Il appela sa mère pour lui dire qu'ils allaient lui déposer Luz incessamment sous peu, bientôt, dans quelques minutes, dans pas longtemps, vite, qu'elle se prépare.

— Raccroche, nigaud ! le coupa Agnès.

Séraphine avait tout prévu, la valise pour l'hôpital, les serviettes de toilette pour la voiture et même des ampoules de vitamine, pour Georges.

— T'es tout pâle. Les contractions te font mal ? se moqua-t-elle.

— Laisse-moi me concentrer sur la route, ce n'est pas le moment d'avoir un accident.

« Déjà que tu cries », se retint-il de dire. Il avait toujours eu du mal à se concentrer quand il y avait du bruit.

Ils déposèrent Luz chez ses grands-parents après leur avoir bien tout expliqué.

Ils débarquèrent à temps à l'hôpital. Le col n'était qu'à quatre, il fallait s'armer de patience, maintenant.

Ils jouèrent un peu aux cartes, puis firent des tours de couloirs qui ne changeaient pas de déco entre deux passages.

Au bout de quatre heures, les choses avaient bien évolué, pas si long que ça, avec le recul.

Séraphine accoucha d'une petite Alma, cinquante-deux centimètres, trois kilos quatre. Elle aurait aimé tout mesurer de sa fille, ses doigts, orteils, jambes, la circonférence de son petit ventre, mais se dit que ça aurait semblé un peu bizarre.

Elle le ferait plus tard. Seule.

La rencontre fut magique. Alma avait la peau mate, celle de Georges, ses rares cheveux frisotaient, ses yeux étaient d'un noir profond. Séraphine l'avait plutôt imaginée blonde et pâlotte. Peu importait. Elle avait anticipé leur premier regard aussi, mais pas celui de Luz sur sa sœur.

Elle fut saisie d'émotions et pensa : *Ça y est, c'est fini, je suis perchée.*

Elle se sentait vigoureusement dans l'avenir, désormais, débarrassée de toute poussière de passé, propre, libre.

55

La relation entre Luz et Alma pendant les semaines qui suivirent la naissance enchanta leur maman. Luz aidait Séraphine à donner le bain, caressait la tête du poupon pendant de longues minutes, patientait quand sa maman n'avait pas le temps de s'occuper d'elle. De temps en temps, elle regrettait la présence de ce petit truc toujours accroché aux seins maternels, mais globalement elle était ravie d'être grande sœur.

Séraphine, par éclairs, se posait des questions nulles. Du genre : est-ce qu'un jour, moi aussi, je préférerai un de mes enfants ? Est-ce que Luz en fera voir de toutes les couleurs à Alma ? Est-ce qu'Alma voudra sauver Luz, en perdition ? Mais ce n'étaient que des éclairs et plus rien d'autre ne ressurgissait, comme si tout cela n'avait pas existé, dans le fond. Elle faisait confiance à son cerveau pour effacer au fur et à mesure le passé, le remplaçant par les bons moments actuels. Il y avait de quoi faire. Elle espérait un glissement de souvenirs.

Georges était soulagé que sa femme aille bien et que son bébé soit dans la courbe de poids. Heureux que Luz ne semble pas plus perturbée que ça d'avoir perdu un peu de sa place. Et, pendant qu'Alma était collée au sein, il profitait de la grande et leur relation s'en trouvait renforcée.

La vie s'écoulait. En famille. Au travail. À l'école. À la maison. Au restaurant. Avec les copains. Des lundis, des mardis, des mercredis, des jeudis, des vendredis et des week-ends. Un congé maternité sur un nénuphar au milieu d'un lac sans mouvement brusque. Puis le retour au travail. La séparation mère-bébé. La tristesse et le soulagement. Les nuits qui s'allongent. La nounou qui résume, témoin de ce que la mère ne peut plus techniquement observer pendant la journée. Les bilans à rendre. Les histoires de travail. Le divorce de Jocelyne qui, du cul entre deux chaises, se retrouve seule sur son canapé. La nouvelle photo sur le bureau. Les joues rebondies d'Alma, ses traits qui se dessinent, jour après jour. Georges avec deux filles sur les genoux. Le nouveau tapis qui a pris des coups de feutre. Agnès, tout aussi gaga d'Alma que de Luz. Thomas, fier comme un pape d'avoir deux nièces. Sofia d'être marraine.

La vie.

La vie, perchée.

56

Un samedi au parc, un on ne peut plus banal samedi d'avril, ensoleillé juste comme il fallait, Séraphine se promenait avec Alma et Luz quand une adolescente l'aborda. Dix-sept ans à tout casser. Plutôt jolie.

Elle s'était adressée à elle et pas à une autre. Volontairement.

Le type de jeune femme un peu torturée. Elle portait un pantalon militaire, camouflage raté. Un tee-shirt trop moulant et trop court, un piercing au nombril. Une casquette trop large.

— Je m'appelle Iris.

Séraphine se dit qu'un nom de fleur ne collait pas vraiment avec le peu de délicatesse qui émanait d'elle.

— On se connaît ? soupira Séraphine, resserrant l'étreinte sur ses filles, en mode louve.

— Pas vraiment, un peu, pas encore.

— C'est plutôt flou, comme réponse, ça.

— C'est que…

— Dis, je n'ai pas trop le temps, même pas le temps du tout.

Ça allait être l'heure de la tétée et elle était à la recherche d'un banc à l'ombre et au calme, assez prisé le samedi. Elle se remit à marcher. La poussette avança, Luz suivit le mouvement. Séraphine scrutait déjà les espaces libres et le moindre signe de faim d'Alma.

— Mais je dois vous parler.

— Une autre fois, peut-être, tenta d'esquiver Séraphine.

— C'est que j'ai pris le bus, depuis loin, insista Iris en suivant le cortège.

Séraphine s'arrêta. *Juste une minute, pas plus.*

— Je t'écoute, mais fais vite, s'il te plaît.

— Je suis votre nièce.

Iris aurait difficilement pu faire plus efficace.

Paul avait sauté sa mère, un soir de 2001. *Juste avant de tuer notre père*, pensa immédiatement Séraphine. Karine avait gardé sa grossesse pour elle. Elle avait élevé sa fille, seule. Ne lui avait jamais parlé de Paul, jusqu'à l'enterrement.

La jeune fille dans le fond avec la femme aux cheveux courts.

— Je m'en fichais, d'avoir un daron. Pas besoin. Quand maman m'en a parlé, c'était pour me dire qu'il était mort. C'était bizarre.

— Parle doucement, l'invectiva Séraphine.

Mais Luz n'écoutait pas, elle amusait sa sœur en secouant une peluche dans laquelle tintait un grelot. Cadeau de marraine Sofia.

— Si tu t'en fiches, d'avoir un daron, comme tu dis, pourquoi t'es là ? reprit Séraphine, sèche.

Non, Séraphine n'avait pas accueilli la nouvelle en sautant de joie. Une nièce. Une réminiscence de la souche pourtant arrachée. Une racine qui repousse, indésirable. Elle ne regarda même pas Iris dans le détail, ne chercha pas de points communs physiques avec son frère. Elle rêvait de partir en courant et d'oublier ce moment. Tout de suite.

Elle ne laissa même pas Iris répondre.

— On n'a pas hérité de nos parents. On a fait les frais d'une protection du juge pour enfants. Ils ont tout saisi. Il y avait trop de dettes. Je n'ai rien à te léguer de ton père.

— J'm'en tape, du pognon. Qu'est-ce que vous croyez ? Que je débarque là pour le plaisir ? Que je suis contente de vous courir après ? J'veux même pas de votre famille, dit-elle en méprisant du regard la poussette et Luz. J'ai ma mère et elle m'a, et c'est largement suffisant.

— Eh bien, c'est très bien comme ça, alors.

Séraphine ne se reconnaissait pas. Elle se trouva agressive. Non, elle ne voulait pas de son passé. Non. Non. Non. Elle avait pris la décision d'être heureuse. Point. Elle s'en donnait les moyens et continuerait à le faire. Pour rien au monde, et pour personne, elle ne mettrait sa vie en danger. Pas besoin de temps pour y réfléchir. Elle devait s'assurer que cette Iris, si ça se trouve menteuse ou fille de menteuse, allait disparaître de la circulation et ne jamais devenir une menace. Elle allait allaiter son bébé dans le parc, regarder Luz faire du toboggan, partager avec elle une glace au chocolat avec éclats de noisette, elle allait rentrer chez elle, retrouver son mari, parler d'avenir et rester bien ancrée dans le présent. Comme si de rien. Oublier. Un foutu samedi serein, merde !

— J'ai besoin d'un rein.

— Pardon ?

Décidément, Iris avait l'art de la phrase courte.

— J'ai besoin d'un rein. Ma mère n'est pas compatible. Mais vous, peut-être.

Remerciements

Ce roman a dormi sept ans dans un tiroir. Trois fois, je suis repartie d'une page blanche pour raconter l'histoire de Séraphine. Trois cents pages, FIN, corbeille. La première version était ma propre histoire. Brute. Opaque. Si je l'avais gardée en moi, elle serait sortie par bribes dans tous mes romans et aurait créé une distance avec le lecteur qui aurait eu l'impression constante qu'une histoire sous-jacente se tramait sans lui. Alors, j'ai listé les émotions qui me maîtrisaient et j'ai créé une fiction pour, à la fois, les faire sortir et les y enfermer. Séraphine n'est pas moi et je ne suis pas elle mais nous avons en commun d'avoir surmonté quelques épreuves et assumé quelques sentiments jugés tabous.

Même non publié, ce roman m'avait déjà beaucoup apporté. Il a provoqué des discussions passionnantes, a permis à mes amis de mieux m'appréhender par moments et a fait naître une amitié sincère avec Amélie Nothomb.

Tout ce qui arrive maintenant est du bonus, des points-bonheur non prévus.

Je vais lister les gens que je veux remercier et, je le crains, en oublier certains sur le moment, désolée.

Caroline Vallat sans qui Séraphine serait encore lovée dans son tiroir. Pour avoir cru en ce texte, pour l'avoir défendu, pour ce qu'elle est, belle, souriante, sensible et drôle.

Céline Thoulouze pour sa confiance et la pertinence radicale de ses propositions. Pour la puissance qu'elle a donné à ce texte, sa douceur et le superpouvoir qu'elle m'a transmis.

Celles et ceux qui traînent une valise trop lourde, celles et ceux qui, par moments, ont l'impression qu'il serait préférable de s'arrêter. Vous n'êtes pas à l'abri de pouvoir encore courir après des arcs-en-ciel.

Alexandrine Duhin pour son refus de la première version de mon texte et pour son précieux conseil : « Il faut écrire des choses graves sur un ton léger. »

Agnès, ma mère, et non celle de Georges. Pour, entre autres, m'avoir appris à vieillir sans être adulte, à rester droite dans mes baskets, à appréhender le monde avec un décalage salutaire et pour m'avoir toujours tenu la main même en pleine tempête alors qu'il aurait été plus facile pour elle de se laisser emporter. (Je t'aime).

Sylvain, mon évidence depuis tant d'années, qui me soutient dans tous mes combats, qui partage mes joies, qui respecte qui je suis, qui sait me rassurer en un regard et me rendre heureuse en un sourire.

Mes lecteurs de la première heure, Stéphanie Voegele, Saï Saï, Pauline, Bastien, Babeth, Françoise Clapot, Pascale Besnier, Mélanie, Gaëlle…

Élisabeth Segard, qui grâce à son expertise a jugé que, oui, je devais aller au bout de la dernière réécriture de ce roman, qui m'a motivée à ne pas abandonner et qui m'a fait croire, un instant, qu'il méritait d'être lu. Ma coach, ma collègue, mon amie. Celle sans qui je ferais autre chose de ma vie. Une lumière. Et, information à ne pas négliger, une auteure très douée.

Olivier Galluchot, mon BFF, capable de mettre à terre mes doutes, qui chasse mes hontes en un revers de main et en un coup de poing sur l'épaule, mon miroir de confiance.

Barbara, qui se réjouit de tous mes bonheurs et que j'aime jusqu'aux étoiles.

Michel-Alain pour sa générosité incomparable.

Lucie Deforges pour son idée originale des points-bonheur.

Et tous ceux qui m'apportent, au quotidien, sérénité et folie douce, ceux qui supportent mes blagues foireuses du 1er avril (Sybille, désolée), qui sont plus zinzes que moi (Aïta, Cynthia Raymond, Elvina, Estelle, si si), qui colorent ma vie et que je remercie (Stéphanie ma cousine adorée, Mapi mon recul, Valérie, Laure, Séverine, Marta, vruuuuut…)

Et enfin, à mes deux enfants, mes complices, mes boules d'amour, qui acceptent mes surnoms déjantés, mes histoires à dormir debout, qui me surpassent désormais en maths et en humour noir, et qui me comblent de bonheur autant qu'ils me sollicitent. Je vous aime mes crottes en sucre.

Tous vos retours de lecture sont les bienvenus. Retrouvez-moi sur Instagram **@annelise_brochard** et par mail **annelise.brochard@gmail.com**. À très vite.

Pour en savoir plus
sur les Éditions Plon
(catalogue, auteurs, vidéos, actualités…),
vous pouvez consulter
www.plon.fr
www.lisez.com

et nous suivre sur les réseaux sociaux

Editions Plon

@EditionsPlon

@editionsplon

#lisez! engagé
www.lisez.com
Pour plus d'information :
Imprimé sur du papier issu de forêts gérées durablement.

CET OUVRAGE A ÉTÉ ACHEVÉ D'IMPRIMER SUR ROTO-PAGE
PAR L'IMPRIMERIE FLOCH À MAYENNE EN FÉVRIER 2023

N° d'impression : 102071
Imprimé en France